放課後に死者は戻る

亡者在放学后归来

[日] 秋吉理香子 著
潘越 译

放課後に死者は戻る

時代文藝出版社

图书在版编目（CIP）数据

亡者在放学后归来 / (日) 秋吉理香子著；潘越译.—长春：时代文艺出版社，2020.1
书名原文：放課後に死者は戻る

ISBN 978-7-5387-6104-7

Ⅰ.①亡… Ⅱ.①秋… ②潘… Ⅲ.①推理小说－日本－现代 Ⅳ.①I313.45

中国版本图书馆CIP数据核字（2019）第084338号

出品人 陈 琛
产品总监 郭力家
责任编辑 刘瑀婷 闫松莹
装帧设计 陈 阳
排版制作 隋淑凤

亡者在放学后归来
［日］秋吉理香子 著 潘越 译

出版发行 / 时代文艺出版社
地址 / 长春市福祉大路5788号 龙腾国际大厦A座15层 邮编 / 130118
总编办 / 0431-81629751 发行部 / 0431-81629755 北京开发部 / 010-63108163
官方微博 / weibo.com / tlapress 天猫旗舰店 / sdwycbsgf.tmall.com
印刷 / 三河市万龙印装有限公司
开本 / 880mm×1230mm 1 / 32 字数 / 130千字 印张 / 7
版次 / 2020年1月第1版 印次 / 2020年1月第1次印刷 定价 / 30.00元

图书如有印装错误 请寄回印厂调换

所谓的学校吧，只要隔上一段时间不去，门槛就变高了。

比如说暑假和寒假结束之后。

再一次坐上电车，再次见到已好久没见的朋友，不知怎的便安心了，亲密地一边聊着天，一边走在上学路上。但是一见到校门出现在眼前，就好似胃里涌起苏打水一般，忽然感觉全身难受。总有些疑心是来到了一个错误的地方，怀疑走进去也不可能融入其中，心里七上八下的没个着落。

在长期休假期间，女生们都将校内的拖鞋带回去洗过了再拿来，而男生们则基本都整个假期将其丢在鞋柜里。打开鞋柜，发现皱巴巴的拖鞋还是待在那老地方，不由得松了口气。换上拖鞋，从那些热聊的一个又一个人堆中间穿行过去走上楼梯，打开教室的门。

“哟！”

“过得怎么样？”

“假期干啥了？”

在周围此起彼伏的打招呼声中找到自己的课桌，将书包放上去，紧张感终于解除了。啊，什么都没变。和今天完全一样的日子将会持续下去，这种安心感终于充溢于全身。

铃声响了起来，不过还是磨蹭着继续跟别人说话，直到老师走进教室才慌慌张张坐到位子上。老师的脸上也带着点儿难为情的神情。她站在讲台上环顾教室，有些迷糊似的眯着眼睛。

“老师，见不到我们感觉也很寂寞吧？”

会起哄的家伙们说着这一套无聊的话，然后便引起大家一阵哄笑。老师便也稍微介绍了下自己的近况，然后开始开班会，接着是开学典礼。到了这个时候，刚才摆出一副陌生面孔的学校便麻利地换上了新颜，回归了本来面貌。

经过暑假和寒假后感觉门槛变高，也只持续了新学年的最初一日。更令人感觉陌生的应该是作为新学生的首个上学日。不过，比这个还困难、简直是最难融入学校的，便是学期中途突然转校而来的人吧。

“上学路记住了吗？”

班主任坂本老师胳膊肘下夹着点名册，走到我的面前问道。他是个充满力量的人，有运动员的体格，与其说是老师，不如说是一位可靠的兄长。

“嗯，差不多吧。”我回答道。

“从车站到这儿的上坡路，其实还挺错综复杂的，有些人走了好多次还会迷路。如果没迷路的话那就很好啦。”

校内拖鞋摩擦着毡布地板发出吱吱的声响，走廊中到处充斥着扑面飞来的打招呼和笑声，一片活跃气氛。桌子和椅子拖动的声音、粉笔在黑板上摩擦的声音、窗帘拉开又合上的声音，这一切合成为学校心脏跳动的声音，与我怦怦乱跳的心脏一同共鸣。

“我们这个班啊，都是些好有个性的有趣家伙。高桥君在这儿一定会过得很快乐的。哈哈，希望我们好好相处呀。”

“哦，是的。”

“啊，我呢，是英语老师。所以不只是在上课的时候，开班会的途中也可能会突然提出个英语问题什么的，要做好准备哦。虽然你们不喜欢，可是你们的家长们可是很欢迎的呢。哈哈。”坂本老师笑着说。

“知道了，坂本老兄。”

也记不清是以前的哪一天了，我们正开着班会，忽然就听到："那么请值日生把黑板擦了再回去哦。今天记的日志不要送到教职员室了，拿到讲堂来好吧？我在那里搞结成姐妹学校签字仪式的准备工作。嗯——那么重原，请把刚才这段话试着翻译成英文……"一下就点到了重原君。只见重原的整张脸立刻就苦歪了。本来大家都希望能快点儿结束班会回家的，结果现在不等重原君把英文翻译搞定是没法回去了。可是一下子要把"日志""讲堂""姐妹学校""签字仪式"这些英语单词说出来基本是不可能的。于是大家为了帮助重原君而拼命翻字典，这样子确实比在上课时还更能印象深刻地记住这些单词。直到今天我还清楚地记得它们：journal，auditorium，sister school，signing ceremony……

"我的名字叫作英二。虽然父母很讨厌英语，但却期盼孩子能够流畅地说英文，所以起了这个名字。不知道是不是托了这个名字的福，我真的只有在英语方面是下了苦功学习的，不过嘛……"

坂本老师说到这里停了下来，把我从头到脚地打量了一番。

"高桥君是不需要学了吧？毕竟以前是在英国生活过。"

"不是的，"我连忙回答道，"已经快忘光了呢。其实，我现在英语蛮差劲的。"

"令尊在家里不会说英文吗？"

"不说，他就只说日语的。"

"这样啊，感觉很可惜呢。但其实我也松了口气。上课的时候让你听出不对可就丢脸了。我的发音也不是那么好。但是既然去过英国，相信高桥君还是会喜欢上英文的吧。如果能学会英文的话……”

——就可以和全世界绝大多数人进行沟通了呀！嗯嗯，知道了呢，坂本老兄。这个话你在4月进行班主任开场白的时候就已经说过好多次了。

“……就能够和几乎全世界的人进行沟通了呀，所以呢……”

——所以将来无论你做什么工作，英语都会成为你的帮手，绝不会成为负担的！这个你也说过了呢。

“所以将来无论你做什么工作，英语都会成为你的帮手，绝不会成为负担的！”

他要说什么我完全可以猜中，真是一点儿都没变啊，坂本老兄。有整整两个月不见了，你还真是一点儿都没变。当然了，这也让我感觉容易些。

看到我一直沉默不语，坂本老师搔了搔头。

“抱歉，就我一个人说个不停。第一次见面就跟你说了这么多，一定觉得挺烦的吧？”

“不，并没有。”

“实际上，我的班级里来转校生也是第一次，所以我也有些紧张呢。高桥君第一天也是蛮紧张的吧？对不住了，我还是个新老师啊。”

坂本老师停下了脚步。

“就是这里，2 年 A 班。从今天开始，你就是这个班的学生了。”

我抬起头看教室门上面写着“2—A”的牌子。

“我先进去给你做个简单介绍，然后叫你的时候再进来吧。”

坂本老师拍了拍我的肩膀，给了我一个鼓励的笑容。

他开门走了进去，闹哄哄的教室安静下来。

听到里面学生们说“Good Morning”。接着，坂本老师简单告知了他们今天有转校生来报到。

“高桥君，请进来——”里面传来招呼声，我向前一步跨入教室。所有人都看着我，教室中的空气颇有些凝固。

所有人的视线都集中在我身上，关注着我的一举一动。

我站在讲台上坂本老师的旁边，他拿起粉笔在黑板上写下“高桥真治”四个字。

“那个，高桥真治君因为各种原因，在这个学期的途中转入我们班级来。大家要和他好好相处哦。”

我看到大家都点了点头，坂本使了个眼色，催促我做自我介绍。

“初次见面，我是高桥真治。”

我虽然压低了声音，但却仍有摇动教室的感觉。

站在讲台这里可以将整个教室一览无余。

欢迎转校生到来、充满兴趣的目光。男同学带着估量色彩的视线，女同学有些陶醉的脸庞。

赤井君、花田同学、饭田君、中岛同学、小竹同学、向井同学……都是我认识的，而且……啊，在那里，田中吉雄。在那个角落的位子里，他如同以往一样，毫不起眼地佝偻着背。

他是我唯一的朋友。

“我住在鸣海町，非常喜欢狗。”

如果是真的“高桥真治”，肯定能做出活泼有趣、能让大家打心底里喜欢上他的自我介绍吧。但是对我来说做这样的介绍已经很吃力了。

我的目光被位于教室最后一排的那张课桌吸引住了。

靠着窗边，没有人坐的空座位。

桌上有花瓶，瓶中插着白色的百合花。

“就是这样，请大家今后多多关照。”我低下头，大家啪啪啪地拍掌。

“高桥君的座位在那边预留着了，如果看不清黑板的话告诉我哦。”坂本老师指了指在教室中央的空座位。

——啊，是佐佐木君的旁边吗？

我走下讲台，朝那个座位走去。

只有几步路而已，因为被所有人的目光关注，所以我感觉还是挺漫长的。

坐下去之前，我回头又看了一眼那些百合花。

——还放着花啊。

——已经过了两个月了，转校生都来了，却还没有收起来。

——看来在这间教室中，仍然保留有我的一席之地。

坂本老师开始讲关于文化节筹备的事，大家把注意力从转校生转回到讲台上去了。

但是只有我，意识仍然停留在背后那个放有百合花的座位上。

两个月前，我曾经坐过的那个座位。

1

午休铃声响起。

虽然紧张，但肚子毕竟饿了。正打算站起来去食堂，邻座的佐佐木君向我搭话。

“高桥君，你还不知道食堂往哪儿走吧？我带你去吧。”

对哦，我现在是第一天来到这个学校的转校生。差一点儿就习惯性地走出教室、穿过走廊、跑到东馆一楼的食堂那儿去了。

“多谢。”我犹豫着要不要叫他佐佐木君，但最终还是没叫。不管怎么说，才这么一会儿工夫我就记住了他的姓是不太自然的。

“我也去。”

新井君也站了起来。新井君和佐佐木君从一年级开始就很要好。

无论是佐佐木君还是新井君，即便到此时为止，我也没和这两个家伙说过几句话。这两个人是校足球队的正副队长，在班级里也是备受瞩目，无论在男生还是女生中间都很有人气，属于鹤立鸡群的存在。借用女同学的话说，佐佐木君就是“与阳光、绿色球场如此相称，皓齿性感的野性国王”，新井君则是“一头好看的蓬松头发，闪烁着一双连女孩子都远远不及的大眼睛的可爱偶像”。依靠精准的射门和强力的头球总能得分的前锋队长佐佐木，在重要赛事中也能不畏压力、保持冷静、守住球门的守门员副队长新井，这两个人绝妙的平衡搭配是东高足球队成为足球强队的基础和保障。

顺便说一句，对于精英数值无限接近于零的我，女生们的评价是“平常不知道在想些什么的‘铁路宅’，最好不要和他扯上什么关系”。这个班里面尽管不会发生什么严重的欺负行为，但总是低着头、几乎从不开口说话的我，对于同班同学来说真的就是根本无所谓的存在，被当作空气一般。这种待遇从某种意义上来说，比受欺负还让人心酸。

“我们这儿的食堂又便宜又好吃，你一定会喜欢的。”

新井君很骄傲地在食堂入口为我打开玻璃门。

午休时间的食堂挤满了人，要先排很长的队买餐券，然后再排队去拿各种盖浇饭。等我拿到猪排盖饭往餐桌那边走时，午休时间已经过了大半了。

“喂，这边这边！”人群里，佐佐木君向我挥手。新井君似乎是已经占好了座位。在餐桌旁边我们三人并排坐下，开始吃午饭。

“高桥，”佐佐木君和一般体育系的人一样，一边豪爽地大口吞咽天妇罗盖饭[1]，一边向我搭话道：“你来这儿之前是在哪所学校的？”他突然直呼我的姓氏，但我却并没有讨厌的感觉，真是个有魅力的人啊。

“嗯，以前是成兰高校。”

“哇，那是一流的啊！那你家里一定很有钱吧？”

“不，不是的。”

恐怕“高桥家”确实是很有钱的吧，但我还是做出了否定回答。总而言之就是不想引人注目。

“那为什么会转学过来呢？”新井君一边拨弄着自己的头发，一边询问。

“嗯——”我得想个什么理由呢，“不知怎么，在学习上总是

① 这种盖浇饭的组成一般是两只炸虾、一片南瓜、一片茄子、一碗米饭、一碗味噌汤。

有点儿跟不上……”说完又觉得这个理由不太好，好像是在说东高的水准比较低呢。

但是佐佐木君和新井君笑了起来：“哦，是这样啊，从成兰高校转过来，也就只有这一个理由吧。”他们并不以为意，一下子就接受了。

接着，他们又向我介绍了一番老师们的诨名什么的，佐佐木君还展示了一番模仿功夫，每位老师都被模仿得惟妙惟肖，当然，新井君捧哏的功夫也十分了得。我不由得笑出声来，但马上想起自己在理论上应该是不知道这些还没见过面的老师到底被模仿得像不像，于是又担心自己可能笑得太过了。

说起来，我还是第一次知道佐佐木君和新井君还有如此搞笑的一面，真是很意外。老实讲，对于这两个和我性格完全相反的家伙，我很久以来感觉都不是很好。他们学习成绩好，体育又万能，在班级里特别有发言权，每当同学之间产生意见分歧、有矛盾冲突的时候，总能一下子把大家团结起来。但是他们看我的时候却经常露出带有蔑视、当我是小笨蛋一般的表情。他们是知道自己很帅、骄傲于自身高人气值的那一类人。

和他们比起来，以前的我长着一张很普通的脸——平均颜值以下，成绩也是中等偏下。只有身高还算可以，优点大概也就这一个了。说话声音小，也说不流利，经常在和别人说话的时候被要求再说一遍。我感觉大家都在取笑我，于是很怕与别人的目光接触。因此将额前的头发留长，把眼睛藏起来，还经常躬背低头。

我的朋友只有一个田中吉雄。吉雄的身高与我相反，是挺矮小的，戴着眼镜，一直在冒虚汗的样子。他也很不擅长和别人说话，是个不怎么起眼，但也人畜无害的人。因此，我和他待在一起的时候就感觉很舒服。我和吉雄两个人总是躲在教室的角落里面，共同的兴趣就是翻看铁路杂志。

我们是被排挤出班级核心——或者说是在其管辖外——的二人组。如果从班级的视角出发，再拿铁道来打比方的话，我们二人组就是彻底亏损的路线、彻头彻尾的包袱、应该被一脚踢出总公司伞下的货色。但并不是说我们受到了欺负。我们这个班并没有那种“全体一致团结友爱坚定反对欺负同学”的热血沸腾，而是一种冷淡的、结成各个小团体且互相之间不加干涉的氛围，这样保持着适当的距离反而可以共存下去。所以像我们这么不起眼的角色，即使被人在心里暗骂“真是阴暗、讨厌、恶心”，但照旧可以享有自己的一片栖身之所。

因为秉持互不干涉主义，所以至今为止我们没有与佐佐木君他们接触过，也不想去接触。我们之间的世界完全不同，对他们也没有任何憧憬。虽然同在一个教室里，但感觉并不是同样的高中生。

而如今，我们却肩并肩坐在食堂里吃午饭，真是不可思议。

佐佐木君和新井君兴高采烈地交谈着。不断有同班同学或足球部的人走过，与他们随意地打着招呼，自由自在地插入他们的对话，说上几句后又离开了。我就好像是在一旁观赏眼花缭乱的团队跳绳，佩服得五体投地。

不善交际的我即便是仅仅在旁边观看就已经觉得很累了。但是我在心里叱责自己不能这样下去。是的，我必须改变，必须积极起来。从现在起，我要从很多人那里搜集很多的信息。

正当我稍稍发呆的时候，新井君说“我请客”，便去买来了果汁。真是会讨人喜欢啊。我再一次思考佐佐木君主动带我来食堂一起吃饭这件事。他向我打招呼的原因，应该并不只是因为我们的座位相邻。

现在的我——高桥真治，拥有相当傲人的面容。

看镜子的时候连我自己都吓了一跳，居然有长相这么完美、与“我”相同年纪的男子存于世上，想一想都觉得很羡慕。

我禁不住想象，如果自己生下来就是这种相貌的话，人生应该是怎样不同的样子呢。一定可以成为一个性格更加积极的人，可以很随意地和女孩子打招呼，常常讲一些笑话让周围的人发笑，情人节的巧克力会收到多少呢……虽然一次真实的体验都没有，但是被告白了、被女孩子倒追了，这些事情应该就会变得很平常了吧。说不定走在街上被星探看中，还可以加入演艺圈——这种做梦一样的事也会有吧。

正因如此，所以佐佐木君才主动向我搭话。他认为我是可以相称他那个人气值超高的小团体的。

预备铃声响起，我先上了趟厕所，再回到教室。

一走进教室，目光就不由自主地被那束白色的百合花给吸引住，一直盯着看。于是佐佐木君问我："是不是有点儿在意？"说不在意是不自然的吧，于是我便点了点头。

"嗯，这个吧，我们是已经习惯了，所以并不在意。"

新井君慢慢走近那张课桌，我跟在他后面。

"转校第一天看到这个，一般都会在意吧。"

佐佐木君一边用手指抚摸着桌面，一边说。桌面上有一个心形的印记。

我记得这个……

"这个人去世了。"

拉开旁边座位的椅子，佐佐木君坐下来。那边的桌面上同样也有一个心形的印记。因为这两张课桌的相同之处，曾被嘲笑过多少次啊。记得今年春天刚升入二年级的时候，我走进新教室，看到被分配到的课桌上有心形的印记，又不知是不是以前学生留下的。大概是用了什么特殊的墨水吧，怎么擦也擦不掉。印着同样印记的课桌还有一张，被分给了一名普普通通、很老实的女同学，我们就被嘲笑是情侣。因为要和 B 班一起上选修课，在教室后面总是会多放两三张平常不用的课桌。所以，我和那个女同学便用没有印记的课桌将我们用的那两张换掉。但是又被同学们捉弄，到了第二天一看我和她的课桌又被换了回去。现在看到最后面这两张有心形印记的空课桌并排摆放着，我猜大概是因为我的消失吧，那个女同学也终于可以从有印记的课桌纠缠中解放出来，用上新的课桌了。

“怎么去世的呢？”

我装出随便问问的调子，但声音有些颤抖。

“据说是事故，从悬崖上摔下去了。”

“这样啊。”

我听到自己回答的声音是冰冷的。

“什么时候的事呢？”

“什么时候？啊，那天是开学典礼吧？已经是两个月前了。”

“嗯，应该是吧。”

“葬礼那天还很热呢。”

大家七嘴八舌这么说着。

听到自己的葬礼被其他人谈论，真是很奇妙的感觉。

“——有很多人来吗？”

“嗯？”

“葬礼。”

“啊，是呢。全班都参加了，老师当然也全都去了。不过那人平常没参加过什么活动，怎么说呢，是不太起眼的人吧。”

“哦，是吧……”

仔细看看那百合花，花瓣干枯了，稍微呈现出褐色。花瓶里的水面上漂浮着一些掉进去淹死的小虫子。花朵明显放了很长时间，水似乎也并不是每天都换。

上课铃声宣告午休时间结束，大家陆续回到座位上。我离开以前曾拥有的课桌，回到现在的位子去。

下午最后一节课是物理。

教物理的女老师笑着向我打招呼道：“你是新转学过来的高桥君吧，你好。”她是有二十多年教学经验的优秀教师，虽然我一直不擅长物理，但对这位老师的课程却不讨厌。

“现在发上周考试的试卷。”

老师从封筒中取出试卷，教室中充斥着“完了，不及格”“真想挖个洞埋了呀”之类失望的嘟囔声。按照学号依次点名，点到的学生上前去拿试卷，看着红笔打出的分数，或者发出悲鸣，或者展露笑容。

我看着眼前的场景，胸中渐渐涌起无法形容的心情。

就算我死了，但同窗们照旧每天拼命学习、准备考试、为了分数或喜或忧。只不过两个月的时间，已经谁都不会再提起我，谁都不会再为我悲伤了。我的死亡被学校每天的学习和各种考试、文化节的活动筹备等事情湮没，如今仿佛已经是不曾发生过的事情了。大家也已经习惯了教室里面摆放白花这种非日常的事，也不会去每天给它换水，就这样渐渐地被忘却了。

在自己死后，还能用自己的双眼去确认曾经的同学对待这起死亡的态度如何，恐怕是没可能发生的事情吧。然而，我却正在实实在在地经历，用自己的双眼看着自己死后的事情，并且深受伤害。

——真是冷清寂寞。

原本我在班级也是影子一般稀薄的存在。生也好、死也罢，讲得直白些就是对大家来说可能并没有什么区别。一开始我对至今教室中仍供着的百合花还有点儿感动，其实可能只是错过了将之收起来的机会吧。但即便如此，当我想到在几天之前确有人将这白色的花插入瓶中，也是感觉到极大安慰的。

其实，我也不是希望大家能一直深刻地怀念着我。但总之是不希望大家这么轻易地便把我忘了。

这就是我实际死了之后，看着同学们其后的反应所产生出的真实感想。

放学前的班会上，我们被告知从今天起要正式开始为文化节的活动做准备了。文化节似乎将在本周的周六、周日举行。今天周一放学后，将讨论文化节的活动，做研究、发表的准备，从明天周二开始整个班级的同学都将被动员起来，开始准备道具等用品。将取消周四下午和周五全天的课程，将时间投入准备工作，大致就是这样的计划。

“刚转学过来就碰上几乎不上课的日子，好爽啊。”佐佐木君在我的耳边笑着说道。

班会结束后放学回家，转学的第一天终于结束了。从早上紧张到现在，一点儿放松不下来，我感觉全身的力气都用尽了。

“高桥君，一起回去吧？”佐佐木君向我搭话道。

“哎，你没有社团活动吗？”

“今天没有，因为要为文化节做准备，操场没法用了。”

“哦，这样啊。但是我还有事要去找老师。”

这当然是谎话。

但佐佐木君并没有怀疑我，立刻回道:“哦，那么明天见。”说完，便和新井君一起回去了。

我做着回去的准备，很多女孩子都在偷偷往我这边瞄。

虽然并没有人做出要主动上前来搭话的样子，但是我还是尽可能地低下头去。

我不想让现在的我——高桥真治——被人发现与过去的我之间存在联系。

至于为什么——

我再一次偷偷看了眼百合花。

——这个教室中，有人谋杀了我。

一直等到教室里其他的人都走光了，我才伸出双手捧住花瓶。

我没有去走廊里的洗手池，而是走到了不引人注意的理科教室的教学道具清洗池那里。

我将花从花瓶中取出来，倒掉水，把花先竖放在清洗池的角落里。我用手伸入瓶中擦去脏污，擦到黏稠的感觉完全消失用了很长的时间。明天得从家里带块海绵擦过来。

待把花瓶清洗干净，我又把花束倒过来用水冲洗叶片和茎部。以前祖母曾经教过我，这样做能让花复活过来。

“你是在换水吗？”

背后突然传来询问声，吓得我差点儿没抓住花。

回头一看，原来是同班的丸山美穗。

“啊，不——”

我不由舌头打结。明明不想让任何人看见我来换水的。

“你真是个好人啊，高桥君。”

她露出愉快的表情，微微一笑。

丸山美穗是外貌普通、不引人瞩目、挺安静的女孩子，也正是另一张印有心形印记课桌的受害者。她留着一头正符合校规的发型，将稍长的刘海儿用发卡整齐地固定住，两边垂到胸部的头发则被编成了紧实的发辫。她从不化妆，布满雀斑的脸就这样袒露着。另外，还戴着一副银边眼镜，无论谁见了她都很难恭维她漂亮。虽说她并不是糟糕邋遢的女孩子，但因为总是驼着背，身姿并不好看，总之是阴沉的——过去她就是我们的同伴，也是在班级中被孤立的边缘存在。因为她有严重的贫血症，所以经常会在午休结束时才看到她一脸苍白地走进教室来。因为这些，她肯定是会被孤立的。但是我不知怎么总是觉得，她早上不来上学的理由也许并不只是贫血，而是要积攒起上学的力气也得花很多的时间吧。而且避开午休，也是因为一个人吃午饭感觉很痛苦吧。

如果丸山同学是男的，我和吉雄应该会上前打声招呼，引为同伴了。可惜她是女孩子，没法这么干。不知是幸运还是不幸，在这个可爱的、善于交际的女孩子众多的班级里，丸山同学的存在反倒显得突出了。无论走去别的教室，还是吃便当的时候，她都是孤孤单单一个人。我身边还有个吉雄，想想真还算是幸运的。

“这也没什么。就是看到水里面有不少东西漂着，叶子啊、小虫子啊什么的。”

“嗯，就是好人啊。”

丸山同学再次浅浅地笑起来。

是这样吧，外表英俊的男生，如果再做这样温暖的事情，是非常提高好感度的，我第一次体会到。一直冷淡木然的丸山同学此时的脸竟然红到了耳朵根儿。而且说起来，丸山同学主动向其他人——并且是男同学——搭话，这件事本身就可以算作是奇迹了。

像丸山惠美这样普通的女孩子都会展露出如此娇羞的一面，我感觉很意外。

也许在大多数女孩子的潜意识里，都是拥有积极向受欢迎的男同学——比如，如今的我，高桥真治这种类型——主动搭话的能力，真是让我感觉新奇又意外。换作是从前的我，若是放学后在没有其他人的走廊里见到了受欢迎的女同学，恐怕是绝没有勇气去搭话的。那是和自己不同世界的人，我在脑子里自然地就会把自己和对方区别开来。

但是丸山同学毫无迟疑地便来搭话了。虽然说的话很平常，但女孩子毕竟是女孩子吧。还是说，只因为对象是新来的转校生高桥真治？也许转校生在完全适应新学校之前，会有想依赖他人的意思表现出来吧，可能会被理解为搭个话也无妨。

“这个人是什么样的人？”

我一边把花插入花瓶，装满水，一边问道。

“哎，”丸山同学很意外地发出惊奇的声音，“高桥君，你不认识的？”

——啊，原来是以为我认识他，所以才给瓶子换水的。

“没有啊，完全不认识，也没有见过面。我不是今天才转学来这里的嘛。”

我下意识地强调着“并不认识”。

我与小山伸夫之间的关系绝不能让任何人知道。

“是这样啊，我还以为你在转学前就认识他呢。”丸山同学以不可思议的神情打量了我一会儿，然后嘀咕道。

“我根本就不知那人长什么样儿。”

我进一步否认，丸山同学直盯着我看，然后考虑了一下似的说道：

“确实……那是个很不起眼的人。”

——哦，真是一针见血的评价啊。

我觉得眼前的情况有点儿可笑，便用半边脸颊笑了一下。

“完全不引人注意，无论在还是不在，旁人都不会太在意。”

——是啊，又一次，我确认过去的自己就是那样的一个人。

“那人不在了，你感觉寂寞？”

我这样问着，丸山同学沉默了一会儿。

“怎么说呢，那人从一开始就没有和大家有多少亲密的关系。”

——果然，坦率来说就是这样。

同班同学的死，说到底也不过如此而已了。

换成是我吧，如果佐佐木君死了，一定不会在葬礼上流泪的。可能为他流泪的是喜欢他的女孩子们、足球部的成员比如新井君吧，对我来说他不过是个距离遥远的人罢了。

若你死后再回来，便能体会到这种痛苦了。就像现在的我，正因为这些痛苦而一次次地受伤。

我的死亡，除了对于我的母亲来说是如天崩地裂、坠入深渊一般的悲惨事件，对于其他人而言，真的不过就是一桩小事。

如果是被大家热爱的人物也许另当别论——难道也是因此，神明才会将我的灵魂放到高桥真治的身上延续吗？

过去的我——小山伸夫被放弃了。

悲哀的是，拥有生存价值的人，并非是生来平庸、为之悲伤者都很少的小山伸夫，而是拥有英俊外貌、备受关注、一流高中的学生高桥真治，神明也许就是这么认为的。

“但是……真可怜啊。”我不由自主地说了出来，“还这么年轻就死了。”

丸山同学的脸上出现了迷惑的表情。

我可真是悲哀至极了。

我一边在心里叹息着，一边将花瓶捧在手里，离开了清洗池。丸山同学跟在我后面。

“那人一定会高兴的。”丸山同学抬头看着我说道。

我能看出她有些陶醉的神情，陶醉于这张高桥真治的脸。

回到教室里，我刚想将花瓶放回到课桌上，手却停在了半空中。

“怎么了？”丸山同学歪着头问。

“那个文化节的准备要开始了吧？放在这里恐怕容易摔。”

“啊，说来确实是的。准备期间确实危险。那要不放到架子上去吧？”

教室后面的架子是用来放置教科书和体操服等用品的，高度只到人的腰部，做些装饰或放些东西都很合适，我们班就放了养热带鱼的鱼缸在上面。

“嗯，这样好。”

我将花瓶放置在架子上：“放在这里就安全了。”丸山同学向着白花，怜悯地说道：“这就好了呢。”

2

真正的我——小山伸夫——是在今年的9月2日被谋杀的，就在开学典礼的那天晚上。

准确地说，是在那天晚上刚过7点的时候，我被一封信给叫了出去。

那封信是手书的。我的印象中信纸是浅黄色的，这个颜色对我来说叫作黄绿6号，是1963年登场的“103系列”电车所涂的颜色，也就是JR东日本E231系列电车——行驶在山手线上——的那个颜色。

9月2日19时，我在三浦海食崖等你。

信上只写了这么一句，放在我课桌的里面。

不知道是谁放进来的。

开学典礼之后是教室大扫除。为了将课桌和座椅的脚全部擦干净，我们先要将课桌里面的私人物品全部拿出来清理。而我是在要回家的时候才注意到有这封信的，所以它应该不是在大扫除之前，而是在扫除中或者结束之后才被人放进去的，而且放信的人应该就是同班同学中的某个人。

当时，我们将清空物品的课桌都暂时移动到了教室的角落里，一个个擦拭干净后，才又依次挪回去排列整齐。因此，并不是所有人都有机会去接近我的课桌。虽然看上去那信是在颇为着急的状态下写出来的、字迹我也好不容易才辨识清楚，但字体却是有棱有角的，像是出自男生之手。况且，女孩子写信把我叫出去这种事应该也没什么可能会发生吧。

我眼前立即浮现出吉雄的脸。虽然我觉得这并不是吉雄写的字，但除他外还会有谁呢？在开学典礼之后，他以“今天奶奶没有人看护”为由，申请免去了扫除任务，早退回家去了。难道是他有些事要当面对我说，但一时又没找到我，于是便匆忙写了这信塞在我课桌里吗？为了确认，我拨了吉雄的手机，但是已经停机了。这倒也不奇怪，吉雄经常因为没交电话费而被停机。我便也没有再继续纠结放信的人到底是不是他。

三浦海食崖是面向大海垂直峭立的悬崖。这一带风浪很强，受其影响，海岸线不断遭受侵蚀，形成了高耸的悬崖。崖下设置有缓冲浪击的巨石。因为很危险，所以管理部门设置了“禁止入内”的黄色栅栏。但是那里却是拍摄沿海岸线行驶列车的绝佳地点，因此我和吉雄经常偷偷带着照相机越过栅栏潜入。这里除了极少数想在没人地方亲热的小情侣以外，就基本不会有人来。周边的所有人也都知道这是个危险的地方。

晚上 7 点，我到了三浦海食崖，穿过栅栏向里看，吉雄并不在那里。天色已暗，大海已经看不见了，只能听到海浪拍岸的声音在黑暗中回响。不时有小汽车、自行车通过，可在这个地方驻足停留的人一个也没有。

该回去了吧。就在我这么想的时候，背后传来有人脚踏着沙子走过来的声音。终于来了——在我想回头看看的瞬间，身体突然之间被推了一把。

我被这突如其来的推力推到了距离崖边只有几厘米的地方，本能地拼命想要恢复身体平衡。就在这个时候，又被人推了一把……于是，我的整个身体就飞到了空中……

不知为什么，当时耳边竟然还听到了音乐声。

在急速下坠的过程中，我却反而感觉身边的一切都在慢镜播放，能看清嶙峋的悬崖峭壁、四处生长的野草，还清楚地听到海涛声犹如野兽的吠叫。

猛地，我的脑部和脊背遭遇了猛烈的撞击，好像是身体在下坠到悬崖中间某处时被刮住了。全身无比痛楚，想伸手去抓住什么东西，结果失去了平衡，又继续往下掉落。终于，“啪”的一声，我的全身都摔在了地面上。

我听到波涛的声音离自己很近，感觉到身体的温度在急速降低，意识逐渐模糊。在这种感觉中，头脑中的某个部分却依旧冷静清醒，一直在思考着刚才听到的音乐究竟是什么。那旋律没听到过，感觉很不可思议。我怀疑自己在接近死亡的时候，是不是看到或听到了什么不属于这个世界的东西。可能就是这么回事吧。这就是我走向死亡的高潮短曲[①]……

“喂！没事吧？”

听到上面传来呼喊声。

我全身都是热乎乎的东西——恐怕是血。

视线之中没有任何颜色，全都是昏暗的。在这昏暗中，我明

---

① 原作这里使用了“ファンファーレ”即fanfare这个词，指在重要人物到场或欢迎仪式上演奏的响亮短曲。

白自己的生命正在流逝。

“我马上就叫救护车！”

悬崖上面有人影。现在想一想，那应该就是高桥真治。

“听到了吗？坚持住啊！”

他继续鼓励着我。

“坚持住！”

“马上就来！”

“绝对要活下去！”

不停地呼喊声。

“啊——”

他大概是探出悬崖太多，身体失去平衡了吧。他的身子摇晃了一下，接着就沿着悬崖峭壁滑落下来。

尽管在朦胧的意识中，但我依然感觉很对不住他。

他滑了一段之后好像也在什么地方暂时卡住了，但随后和我一样再次失去了平衡，发出了一声惨叫，便“啪”一下摔在了我的边上。

他没了动静。

我的视线中渐渐什么也看不见了。身体冰冷，已无一丝力气。

然后，一切归于虚无。

◆

在医院里醒过来时，我被一群不认识的人包围了。

“小真！”

“真治！”

“啊，太好了！”

我躺在病床上，一对中年夫妇模样的人正扑在我身上痛哭。我的眼前仍然一片模糊。

小真是谁啊？

“小真，你已经昏睡了一个星期了！”

我什么都说不出来，也不能明白到底发生了什么，只是发呆，不安地瞧着眼前的一切。

“小真，我是妈妈呀，看得清吧？”中年女子焦急地问道。

妈妈？

我的妈妈吗？

我的眼前还是一片模糊，没法看清她的脸，然而到底还是能看到轮廓的，她显然和我的母亲不是一个人。我的母亲是短发，可眼前的人明明留着长发，而且，我母亲从来不称自己为妈妈。

“你不是。”虽然我想这么说，但却发不出声音来，取而代之的只有“呜呜”的呻吟声。

这个时候我才发现自己全身都被绷带包裹着，还插着各种各样的管子。右手和左足被石膏固定，悬吊起来。身体完全没有自由。

“他现在一定感觉很混乱吧？”

一位男士在宽慰我的“妈妈”。

“是啊，爸爸，一定是这样的。”

爸爸？我根本就没有父亲！

我的父母早已离婚了，听说他已另组家庭了。那么，难道是听说我出了事故担心，所以专门跑过来了？

渐渐的，我的眼球焦点聚合，视线慢慢清晰起来。

紧贴在我身边，不安地注视着我的中年夫妇——那是和我的双亲一丁点儿相似之处也没有的陌生人。而且，那位男士还是个白人：金色的头发，绿色的眼球，好似英国电影里面才会出现的，神似詹姆斯·邦德一般衣冠楚楚的绅士。

这到底是怎么回事？完全莫名其妙。

然后，我看到穿着白大褂的医生和护士们赶来，大家都在叫喊着“太好了”“真的呀”。

医生触摸我的脖颈和手腕查看脉搏，又压了压我的腹部。

护士们在给我测血压。

“你能听到吗？”听到他们这么问，我只发出一声“呜”。

“医生，他为什么说不了话呀？”那位自称是我妈妈的女士担心地问道。

“可能是因为声带肌肉萎缩了吧。CT检查结果没有发现脑部有任何异常，颚部也没有骨折。应该能够渐渐恢复说话能力的……”

“哦，这样我就放心了。”女士流着泪说。

医生和护士们离开之后，“妈妈”一边注意着点滴管子，一边抱着我不放。

“啊，多么担心你啊。妈妈多少次叫你啊，小真小真，你听到了没有？你醒了，真是太好了！”她的眼眶中含着泪水，声音也颤抖起来。

“那个死去的孩子真是可怜啊……”

死去的孩子？

就是在这个时候，我的脑中突然反应过来，难道是已经死去的我和这个“真治”互换了身份吗？

“镜……”

当我有了这个想法，便努力张开嘴想要说话。

“小真，什么事？”

“……子。镜，镜子。”

我艰难地只是说了这么几个字，便已感觉消耗了非常大的体力。虽然是断断续续地吐出来的声音，但是“妈妈”已从这几个吐字中明白了我的意思，脸上出现恍然大悟的神情：“镜子，小真，你想要照镜子是吧？爸爸，小真说要镜子。”

她说着，便从自己的手包里面拿出一面小镜子来。

“你脸上虽然有擦伤，但是并没有骨折。我们小真还是很英俊的哦。”

“妈妈”以稍有些陶醉的语气说着，将小镜子伸到我的面前。

我的脸颊上贴着一大块纱布。

镜片太小，不能映照出脸的整体情况。但即便只看这一部分，我也立刻明白了过来。那是一张和日本人的脸颇有差距的、棱角分明的脸，大大的、双眼皮的眼睛，笔直高挺的鼻梁。

那面镜子上映出的不是我的脸。

我躺在床上，脑子里一片混乱。

根据刚才发生的情况，以及在镜子里看到的脸，我的身体不知怎么变成了名为“高桥真治”的高中生。但是在脑子里如此思考的我，却依然是“小山伸夫”。

眼前的“爸爸”和“妈妈”高兴地对我这个“真治”说着话，为我处理完毕住院的各种事情以后，恋恋不舍地说着“明天还来看你哦”，便摸摸我的头，回去了。

过了一会儿到了熄灯时刻。

黑暗之中，我在脑子里进行整理。

首先，明天我必须向他们说清楚，我并不是他们的儿子，而是一个名叫小山伸夫的陌生人。

然后，说明不知是什么缘故，我的意识进入了他们儿子的身体。虽然会让他们悲伤，但我不能过别人的人生。

明天，在他们到来以后我一定要说。不，在那之前，我早上醒来就应该叫来当值的医生，先对他说清楚。

想到这里，我的思考停住了。

我，小山伸夫的意识，现在在这个身体里。

那也就是说——高桥真治的意识，跑到了小山伸夫的身体里……我们互换了。

而小山伸夫的身体——刚才“妈妈”的话在我耳边回响——那个死去的孩子真是可怜啊。

突然之间，我的胸口钻心般疼痛起来。

我就那么死了吗——

当时确实是感觉身体冷下去了。

我回想起被推落时脊背上的触感，是谁，杀了我？

是谁，谁想要杀我？而且不仅是想，还真这么干了。

可是，到底是谁呢？

意识急速地清醒起来。

能够完全变成另外一个人，这难道不是个好机会吗？

想要将我杀死的那个人，恐怕做梦都不会想到，我的魂魄会跑到别人的身体里面去，又活过来了吧？

也就是说，我可以在不引起凶手注意的情况下去寻找到他。

所以，我决定了：明天，我不会说出真相，暂时借用高桥真治的身体吧。

然后，一定要将凶手找出来，将其绳之以法。

◆

之后，我用了一个月的时间恢复身体，终于可以出院了。

在此期间，我以高桥真治的身份生活。

没想到最让我辛苦的是，为了补足出席天数，不至于留级，我必须补做完高桥真治所在的成兰高中打印的各种习题卷。妈妈还专门去学校把这些习题卷取了回来。但是每张卷子对我来说都很难，总是抱着脑袋也想不出来。当然，周围的人都认为这是事故的后遗症，都安慰我说解答得正确与否并不重要，只要能写好提交就行。于是，我不管三七二十一，都给填满了就交还给妈妈。

出院之后，我理所当然就去了高桥的家。这是我第一次到访这个家，所以看什么都感觉陌生和奇怪。

这里离我原来的那个家并不太远，走路的话大约二十分钟吧。而且说起来，高桥会在那个时间出现在三浦海食崖上，就能想到他和我应该是住在同一个城市里的。

我对于高桥真治的事一无所知，当然，也不清楚他父母的事。

关于姓名，我在住院的时候偷偷看了看自己的病历卡，在“亲戚关系”栏中确认了父母的姓名是“约书亚”和“由美子”。但是，除此之外的信息我就只知道他们两个人都是性情很和善之类的了。两个人的过往、习惯、职业，我一概不知。而且，对于高桥真治所在的高中也完全不知，来看望的朋友们我一个都不认识。

于是，我除了外伤之外，又得了个“新病”：记忆障碍。

因为脑部没有发现异常，所以诊断这个病的原因是精神上的刺激。

“还记得那天事故的情形吗？”恢复意识后的第二天，医生这样问我。

我当时整个人被绑在床上，只能摇头。我已经决定要去抓住凶手，所以最好是装作什么都不记得。

医生继续问：“能不能回忆起什么？”

我闭上眼睛，做出努力回忆的模样，然后一边发出痛苦的呻吟，一边说：“……脑袋很痛啊！”

医生便慌忙道：“那就先不要想了。”

然后，他将爸爸和妈妈叫到病房外面，我听到他小声地嘱咐说：“不要逼他去想。暂时不提这起事故为好，过一阶段再说吧。”

这种病对我来说很方便，可以堂而皇之地说“不知道”“不记得了”。借此，我可以很自然地提出任何问题，实在是帮了我的大忙。

出院之后，我就要直接住进高桥家了。对此我是很紧张的，因为从今往后，就真的变成高桥真治了。对于能不能演好这个人，我心中非常不安。

出院那天，我和妈妈坐上爸爸开来迎接我的轿车。

妈妈没有坐在副驾驶位上，而是和我一起坐在后座。她帮我把安全带扣好，我们并排坐着。她好多次从后面提醒爸爸要开得稳当一些。我想，她是不愿我再遭遇任何危险而慎之又慎吧。而爸爸也每次都点头称是、安全第一，慢慢地转着方向盘。

“到家了哦。”

沿着妈妈所指的方向看过去，是红色炼瓦的大门，用大理石雕刻的、写着“高桥”的门牌，宽敞的庭院，在旁边是带有顶棚的停车场，有绿色的、简洁洋气的遮雨屋檐，因刚下过雨而稍有些脏污的白色外墙……

轿车慢慢驶入停车场，停下了。

妈妈转过头来看着我的侧脸，她一定是期待我能想起来吧。但是我对她做出了抱歉的表情，摇摇头。她笑着说："没关系的，小真，慢慢想起来就好，一点儿不用着急。"

她说着鼓励我的话，握住我的手。

爸爸打开车门，妈妈把我入院时用的东西搬下车。

进入大门，我闻到一股颇为熟悉的、带有酸甜感觉的味道。是的，家是有味道的。也许在家里久住时，我们会忽视这种独特的味道。但如果外出旅行一段时间再回到家里，就会有所体会。每个家都有不同的味道，而我并不讨厌高桥家的味道。

因为我一直站在大门口，爸爸便有些担心地问道："怎么了？"

爸爸的日语非常流利。一开始，他还不时地向我说英语，但看我全无反应，便就只说日语了。

"嗯，没什么。"

我装作很平静的样子，脱了鞋进入室内。但是进去以后，我又不知道该往哪儿走。

"啊，房间在那边。"

妈妈轻轻推了下我的背。我就跟着她沿走廊直走，然后走楼梯上二楼。

“房间没动过哦。”

妈妈说着打开门来。

钢管床、蓝色的被子和床单、印有女演员照片的日历、书架、学习课桌。这是非常普通的、属于高中男生的房间。

我坐在床上四下打量着，感觉好似造访了某个朋友的房间。而从今天开始，这就是我的房间了。

“要洗澡吗？”

“先不用。”

“饿了吗？”

“还不饿，让我先躺一会儿。”

差点儿就顺口说出个“请”字，我已经注意到应该使用随意自然的家人口吻说话了。但是，像这对父母之间那样用“妈妈”和“爸爸”称呼对方，我心里还是有点儿抵触的。当然，他们两位对于这件事倒是什么也没说。

“是啊，一定是累了吧。先好好休息下吧。有什么事立刻叫我们哦。”

妈妈留下这些关心的话，便走下楼梯去了。我听到楼下妈妈正和爸爸低声交谈着什么，大概是向他报告我看到房间时的样子吧——并没有表现出有何反应。

我试着横躺在床上，仰望着天花板，这是被我取代之前的高桥真治每天抬头都会看到的吧。从被子和枕头中散发出被阳光晒过后的味道和少许自己以外某个人的气味。然后，我坐起身查看书架，上面有漫画、参考书、小说、音乐杂志等。在房间的角落里有一台很大的收录机，在旁边的壁橱里还放着一把金蓝色的吉他。

我打开课桌的抽屉看，里面胡乱放置着学习用具、零钱、手表、不知用在哪里的插线、笔记本和一些照片。

我拿起那些照片看，有和朋友并排站着、露出笑容的照片，有在滑雪场背景都是雪的照片，还有和家人一起拍的照片。

看起来高桥是和我正相反的人，过着阳光、愉快且充实的高中生活。我又打开笔记本看，想里面是不是有类似日记的东西，结果却只是上课的笔记而已。我不禁叹了口气。哪怕只知道一点点儿也好，高桥真治到底是个什么样的人，毕竟从今往后，我就得过他的日子了。

我突然想到了一件事，对了，手机。

我把刚才妈妈送入房间里的挎包打开来看，里面是一堆从医院带回来的东西。替换内衣、睡衣、杂志，最后是手机。原本所持有的东西，掉下悬崖的时候都给摔坏了。这是在医院的时候妈妈新给买来的手机。虽然是新的，但已自动将前一部手机里面的电话号码、邮件地址给拷贝过来了，并且不断有好像是女朋友以及男性朋友打来的联络电话。我因为没有自信与不认识的人毫无漏洞地对话，所以在入院期间一直将手机关闭着放在一边。

我长按了电源按钮将手机开启，但它启动后马上又关上了。应该是长时间没用，电池的电量已经耗尽了吧。充电器在哪里呢？他的妈妈做事那么周到，一定会把充电器也带到医院里去的。我耐心地翻找了一会儿挎包，在内缝口袋里面找到了。

手机在插上充电器后再次被启动。

开始自动收取邮件。几乎所有的邮件都来自一位名叫美夏的女孩，我猜大概是高桥的女朋友吧。她是个漂亮的女孩子，曾好几次来医院探望。不过每一次我都以头痛不舒服等为理由让她回去了。

——今天下雨了哦……到处湿漉漉的！

——身体怎么样了？我想去看你啊，好吗？

——见不到真治太寂寞了！快点儿出院吧！

看着这些撒娇的内容，我的内心充满酸甜的感觉。我自己从来没有过女朋友，如果有的话，是不是也会互相传递像这样使用了无数表情的邮件呢？一定是感觉每天都很幸福吧。

——看看这个照片打起精神哦！

如此写着的邮件下面附有好几张照片。我将其打开来一看，差一点儿把手机失手掉在地上。美夏穿着泳衣，他们两个人正在接吻……都是诸如此类让人有些害臊的照片。我慌忙将这封邮件删除了。

其他比较多的邮件是来自名叫多茂津和茂树的朋友。我曾听妈妈说过，那是一起玩乐队的朋友。

摆弄了一通手机之后，我闭上眼睛，突然间睡意袭来。

我这才真正体会到以别人的身份生活是件多么让人疲倦的事。

◆

“小真，身体觉得怎么样？”

醒过来时，看到妈妈坐在床边上，凝视着我的脸。

“啊……感觉还行。”

我慌忙直起身来，被别人看见睡觉的脸实在感觉有些不好意思。虽然住院的时候被看了很多次了，但是像这样取下了绷带之后、身处于普通房间而非病房那种特殊的空间中，突然之间距离感就被缩小了，不知道该做出怎样的反应才好，更何况，对方是拿我当成可爱的亲儿子来对待的。

“也不用硬要起来，碰到了伤口就不好了。”

妈妈饱含着爱意的声音将我暖暖地包裹着。

“洗澡水已经烧好了，住院的时候没能好好地清洗吧？”

确实，很久没进浴缸了。

“嗯，我去洗。”

虽然起床了，但是不知道洗澡间在哪里。妈妈好像察觉到了，说了句“洗澡间往那里走”，便领着我过去了。走下楼梯的时候，她还顺便告诉我说：“厕所在这里，厨房在那里，洗澡间和洗面所在那里面。也不是大豪宅，马上就能记住的呢。”

她笑着领着我在家里转了一遍，然后将毛巾和换洗衣服交给我：“慢慢洗就好。如果感觉有一点儿不舒服，马上按按钮。”

她不放心地嘱咐了我好几遍才出去。

脱下衣服，面对洗面台的镜子，我看到了一个陌生的男孩子的上半身。宽阔的肩膀、隆起的胸肌、肌肉突出的手臂，光滑白皙的肌肤一看就知道其中有白人的血统。带点儿灰色的柔和的头发、琥珀色的眼瞳，其中还有点儿淡淡的虹彩色。眉毛和睫毛都是亮丽的色调，头部和胸部有褐色的细毛，耳朵上还有耳孔，一个、两个、三个！鼻梁高挺，好看的嘴唇紧紧地抿着。

我试着抬了抬胳膊，呈现红黑色的颇有痛感的手臂、胸部和腰部的伤口一阵刺痛。这些都是跌下时被岩石剐蹭、刺切所造成的外伤。右腕因为长时间包裹石膏，看上去比左腕要瘦。

我又试着轻轻踏了踏两只脚。脚上的伤是骨折和挫伤，用石膏固定了一个月左右，又进行了康复练习，现在走路或慢跑都没有什么问题了。

我脱下短裤放到洗衣机里，打开了洗澡间的门。

好久没有用热水从头浇到脚了。住院的时候，只是每周两次由护士在冲淋台帮助洗头、擦身而已。

全身擦洗一遍后，我将身体泡到浴缸里。宽大整洁的浴缸，带有加热功能和紧急呼叫按钮。在我家——小山伸夫的家，只有没有加热功能的浴缸。为了在洗澡水冷掉之前洗完，我和妈妈每次洗澡前都必须先确认好入浴的时间才放入热水。

我的母亲怎么样了呢？我死之后，她将会多么悲伤啊。想起自己的母亲，泪水便涌了出来。住院的时候也一直惦记着她，脑子中一直在想早点儿出院，好去看看母亲的样子。

待身体完全暖和以后，我便爬出浴缸去洗头发，然后，又冲洗了一遍身体。旁边还放置了新的洗澡巾，我将它从袋里取出，在上面擦满了肥皂泡沫。擦拭全身时，我尽量注意着不去触碰那些伤口。这陌生的头、胸、腹、屁股，还有腿。我觉得这双腿细了些，但笔直的形状还是好看的，长度也不错。清洗胯下之物真是需要点儿勇气。自己以外的这玩意，我从没有留意过，当然也更没碰过。总之感觉有些不舒服，所以很迅速地就清洗完毕了。

头发和身体都洗完之后，我将洗澡间的墙壁和地板用淋浴喷头冲刷了一遍，要是有什么污垢附在上面可就太丢脸了。我仔仔细细地确认过一遍之后才走出洗澡间。

我在洗面所将热腾腾的身体彻底擦拭干净。从湿润的、垂在眼前的头发缝隙中看镜子，那个腰间缠着毛巾的男生，活脱脱就是来自于男性写真杂志上的偶像人物。真是完美啊！相比之下，小山伸夫唯一没输掉的恐怕也只有身高而已了。

我穿上放在洗衣机上面的T恤和牛仔裤，然后思考了一下要不要就这样走到客厅里去。就这样去客厅作为儿子来说是再正常不过的举动吧。但是，到了那儿不知道说些什么话才合适。正在犹豫的时候，洗面所的门被敲响了。

“晚饭做好了。”

是妈妈的声音。于是我下定决心，要尽量装出随意的样子，于是便故意大声拉开门来，说：“马上就去！”然后走进走廊。

走进餐厅，餐桌旁边的爸爸正打开啤酒喝着，看到我来，高兴地说：“来，坐这儿。”他指了指对面的座位。

“洗澡舒服吗？”

“嗯，很舒服。”

“今天的晚饭可都是小真最喜欢吃的东西呀。对吧，妈妈？”

父亲对正在厨房里忙活的母亲问道。

“对啊，得让他恢复体力呢。”

高桥真治喜欢的食物会是什么呢？但愿不是我不喜欢的吧……正在担心的时候，韭菜豆芽炒猪肝、炸鸡、凉拌菠菜等被一一端上桌来。除了炸鸡以外，其他的我都不算很喜欢。

“来，多吃点儿吧。小真也很久没好好吃晚饭了吧。”

妈妈快活地一边说着一边坐了下来给我盛饭，还在饭碗里堆满了菜。我就主要吃炸鸡，虽然韭菜豆芽炒猪肝、凉拌菠菜不怎么合口味，但也都勉强吃了一些。

“没有食欲吗？”

妈妈担心地问我。

“不是……”虽然一时间不知该怎么回答，但一想到若此时蒙混过去的话，以后可能就会顿顿都吃韭菜豆芽炒猪肝了。于是便老实地回答说：“其实我不喜欢吃这个了。”

“哎，你以前很喜欢吃的呀？”

妈妈吃惊地瞪圆了眼睛。

“也不知怎么就不想吃了。”

妈妈和爸爸不约而同地发出奇怪的声音，看我的眼神充满惊奇，像是看着了什么稀奇的东西似的。

“原来还有这样的事。”

“那也没法子……”

妈妈很惋惜的样子，从我面前撤走了那道韭菜豆芽炒猪肝。

“那个，真是很对不起。”我不由自主地使用了敬语。爸妈一瞬间又露出了吃惊的表情，随即便哈哈笑起来：“哎呀真是的，这有什么。医生也说过你可能在饮食习惯上会有些变化的嘛。”

“这点儿事情不用在意的。来，那就多吃点儿炸鸡吧。”

看着在桌边展露笑容的两个人，我心想，这是多好的双亲啊。与此同时，我想起自己从出院前就一直在考虑的那件事情，也许现在说出来正是个好机会，于是坐直了身体。

“有一件事情想和……”

“什么事啊？”

妈妈虽然脸上还在笑，但明显已经露出了一丝紧张的表情。

“我想申请转学。”

“转学？”爸爸的声音很是讶异，“小真，你是说想转学吗？”

我点了点头。

“是遇到什么麻烦了吗？”

“倒也不是。只是我现在失去了记忆，即便回到以前的学校里去也不记得曾经的老师和同学们了，感觉很是奇怪。所以，我想干脆转去一个既不知道这次事故，也不知道我受伤这些事情的新高中去。那样的话，就没有人知道我现在是失去记忆的了。”

爸妈面面相觑了一会儿。

“可能确实是这样比较好。”

“我考虑去一个公立的高中吧，比如那个鸣海东高中。”

“东高啊……”

爸爸双臂交叉，思考了几分钟。妈妈不停地看看我，又看看爸爸。

“真治想去的高中才是最好的选择吧。那我明天就去问一问。”

爸爸的脸上现出令人信赖的笑容。

“真的？谢谢！”

太好了，放心了。如此一来，我就能回到原来的学校去了。

“但是，我丧失记忆、坠崖事故，还有住院康复这些事，你们能不能不要对新高中的老师说？”

“明白。你也是不愿意被好奇的目光包围，所以才要转学的吧。”

“东高虽然也不差……但是可惜之前做的那么多习题卷子了。”

妈妈说出了真心话。

“我们小真的学习明明是跟得上的，现在开始又是考试的重要时期了……”

“这也是好事啊。总之，真治自己的想法最重要。”爸爸宽慰妈妈道。

妈妈原本是不太赞同的，但最终还是改变了想法，说：“是呢，小真觉得开心才是最重要的。”

鸣海东高中是分文理科的，其中又分为国立系和私立系，最后再选择具体的班级——美术科目班、书法科目班、音乐科目班……我对爸爸说，想去上理科私立系中的书法科目班。这样，我便如当初所设想的，回到了A班之中。

爸爸热心地帮我疏通学校方面，同时，也因为班中定员未满，所以我顺利地接受了转学考试。

如此，我便在两个月后作为转校生回到了鸣海东高中二年A班。

3

作为转校生，我在东中度过的第一天实在是太疲劳了。

虽说是经过了康复练习，但毕竟在医院里住了一个多月，而且还要有意识地做出转校生的举动，所以精神上很是疲劳。而且因为新的相貌总是吸引他人的注意，还真是累人。

我走出校门，和丸山美穗道别后，朝着与高桥家相反的方向走去。

去小山家。

这两个月的时间，母亲是怎么熬过来的呢?

走惯了的放学路。这是我从孩提时起便看惯了的风景。差不多的店铺都已经打烊的商业街，从扩音器里面传来“有鱼啊、有水果啊、有蔬菜啊，什么都有，大家的商店街……”的宣传歌。

我就这样走着，仿佛已经产生了小山伸夫就这样将要走回自己家的错觉。转过那个弯角，就是小山家了。

一座独户住房，带一个小到袖珍的庭院，大门后面还拴着一只柴犬。

这只柴犬名叫可可。

我从门的上面往里面看，蜷着身体趴在地上的可可似乎有所察觉，躬起身子冲着我的方向叫了起来。

“喂，是我。”

但是可可愈加警惕地瞪着我，发出呜呜的警告声。

电视剧和电影里面不是经常有狗或者其他什么动物，即使主人改变了模样，它们也能一下就认出来，然后摇着尾巴迎接上去的情节吗？而且周围人也会因为动物的反应而察觉到：“难道你就是——”接着就真相大白。可是现在看来，这情节在现实中也许并不存在。

“可可，不要叫了。”

这声音从我的背后传来，即使不用转过头看，我也能知道，是母亲。

“请问，你是谁啊？”

手提购物袋的母亲转到我面前，看着我的脸。

“啊，是东高的制服，你是伸夫的朋友吗？”

母亲的表情突然沉痛起来。

“对不起，突然拜访，有点儿在意所以就来了。”

“是吗。嗯，谢谢你了……伸夫如果在这里的话一定会很高兴的。”

母亲的眼里浮起泪花，哽咽得说不下去了。

白发丛生、没有做发型的头发，瘦削的、没有任何化妆的脸。我死之后，她一个人在这个家里——我想象着她是如何悲痛地过着日子，心中无比难过。

“可可，别这样！”

可可将拴住自己的绳索拉到极限，靠近过来做出要保护母亲的样子，不停地吠叫着。你这家伙，要代替我在这儿守护好母亲呢。我蹲了下来，抚摸着可可的脑袋。

“可以的话，我能带它去散步吗？”

“你想带它去散步？”母亲睁大了含着泪的眼睛。

“因为伸夫君一直很喜欢可可嘛。”

“是的呢。”

我记得以前，无论在学校里遇到多不愉快的事，只要一回到家，可可总是会高兴地跑出来迎接我。我便带着它去散步，心情也随之就变好了。

“那真是帮了我大忙。我因为工作的关系，总是没法带它去散步。”

我走进门里面，解开狗绳，并换上散步用的牵绳。

“哦，你居然能知道解开的方法呢。这个是要技巧的吧？”

被母亲这么一说，我心里咯噔一下。

“嗯，伸夫君曾经教过我。”

“是这样啊。你曾经来过我们家的吧？我还担心他很少有朋友，没想到能有你这么好的朋友来。”

母亲显得很高兴。

“我现在还得出去做零工。你散步结束之后能不能还把它拴在门这边？”

“好的。”

“真是太谢谢了。请问你的名字是？”

“我姓高桥，高桥真治。”

“高桥君，谢谢你。”

看着客气地向我低下头致谢的母亲，我的心中五味杂陈。我赶紧牵上仍然对我保持警惕，但好歹老实下来的可可，快步跑了出去。

穿过公园，走上河堤，来到河边。

这里是我习惯和可可散步的地方。

我跟在到处闻来闻去的可可后面，随意地走着。

突然之间，想到一桩事。于是，便走过桥到对岸，往高桥家的方向走去。

“记住，如果以后有什么事，记得走这条路，到这个家来找我哦。”

我一边想着也许狗并不能明白我的意思，一边却还是为了教可可认路来到高桥家前面。

“如今我住在这里，记住了吗？”

“真治！”

突然，从背后传来声音。我吃惊地回头一看，那个照片中的女孩子就站在自己的面前。她叫什么来着？

“——小，美夏？”

她的长发在风中飘舞着，美夏“扑哧”一声笑起来。

“别这样了，什么小啊，好恶心。”

“啊，对不起。”

“这狗是哪里来的？”

“啊，朋友的。”

“朋友，女性吗？”

“哪里呀，男性朋友。”

“是吗？嗯，那样还好。”

从裁短的制服裙摆下面能看到她漂亮的双腿。美夏紧贴到我身边来，尽管我的身材也算相当高了，但是美夏的脸还是快要贴到了我的脸上。她身材很苗条，脸也小小的，垂到腰间的长发被风吹动，摇晃着，弥漫出一股香气。

“我去医院看你还被赶回来了呢。”

“抱歉，我那时感觉很混乱。”

“听说——没有记忆了？”

我点了点头。

“那我们的事……也都不记得了？”

“对不起。”

美夏的脸上现出了受伤的表情。

“还自作主张地转学了？”

“嗯……觉得相比回到成兰高中，不如去东高重新开始。”

“你是不是在那里有新女朋友了？”

“怎么可能呢！”

有这样漂亮的女孩子为自己吃醋，高桥真治真行啊。让我羡慕死了。可可也不叫了，老实地坐在那里抬头看着美夏。可可是条公犬啦。

“你并没有讨厌我，是吧？”

我正在犹豫着不知该怎么回答，美夏倒是先给出了答案：“不管你讨不讨厌，反正是不记得了……是这样吧？”

“嗯，老实说，确实是这样。”

“真的是这样啊。”

美夏露出想哭的表情，低下头。

真是漂亮的人啊。东高虽然也有很多可爱的女孩子，但都不及美夏拥有某种清澈的美。白皙的肌肤、长长的睫毛、杏仁形富有魅力的眼睛、饱满丰润的嘴唇，好似想说的事情就一定会照实说出来似的。

高桥曾经和这样的女孩子接吻过，我想起她通过邮件发过来的照片，立马面红耳赤起来。

“记忆丧失这种事，好像电视剧里的情节一样呢。”

美夏很自然地挽住我的手臂。我的手肘无意间碰到了她丰满的胸部，触电般的感觉，我觉得全身一下子被热力包围了。

“还真是。”

“怎样才能治好呢？”

“嗯，总而言之吧，首先是不能着急。非要去想起来反而对康复不好。能想起的时候自然就会想起，想不起来也不要老是担心，保持舒畅的心情是最好的方法。”

虽然嘴上这么说，但我心里清楚，“失去的记忆”是绝不可能回来的。因为那是高桥真治的记忆，原本就不在我的脑子里。

“这样啊。”

美夏把头靠在我的肩上。她身上飘出的甘甜香味直直地钻入我的肺里。不好，心脏乱跳起来。这是我，小山伸夫，自打出娘胎以来，第一次和女孩子紧靠在一起走路啊。

“刚才，我碰到你妈妈了。”

“哦？这样啊。”

“她说你吃饭菜的口味都变了呢。”

“嗯，是的呢。”

“记忆障碍会改变各种以前的嗜好，这是真的？”

“至少医生是这么说的。”

“那你还喜欢我吗？”

美夏突然停住了。

“我担心你对女孩子的兴趣是不是也有变化了。对我。你是怎么想的呢？”

“啊，那个，这个……”

这都什么情况啊？简直就像在玩电脑恋爱游戏。

原来如此，这世上长相英俊的人，每天都过着近似于恋爱游戏般的日子啊。而至于其他人嘛，就只能是玩电脑了。

“当然，我觉得你很可爱。小美夏，啊不，美夏，哪会有人觉得你不可爱呢？不存在啊。”

“真的？”

“当然了。”这肯定是真话。

“那就好。”

她一点儿也不在乎路人的眼光，在我身边依偎得更紧了。我的腿和她的腿就快缠在一块儿了。

“当心，要摔倒了。”

我慌忙离开她的身体，加速往前走。可可好似也在捉弄我一般，在我脚边转来转去。

“真治真是的，还在害羞啊？”

“嗯，是，是啊。”我红着脸点点头。

“真可爱！”美夏取笑我道。

被女孩子——而且还是这么漂亮的女孩子——说可爱，还真是平生头一遭啊。

“我们去旅馆吧？”

美夏直截了当地说出这句话，我又大吃了一惊。

“哎，不会吧，难道连那事该怎么做都忘了？”

美夏咯咯地笑起来。

“啊，怎么说呢……”

我完全被吓住了。原来两个人的关系已经到了这个地步？！

“忘了也无所谓啊。美夏大人能够教会你的。今天带手机了吧？”

“啊，带了。”

手机？我觉得有些莫名其妙，从口袋里掏出了手机。

“看，旅馆的积分还存在手机里。这个是不是也不记得了？”

“啊？”

我吃惊得差点儿就把手机掉在地上。真是无语了，情侣旅馆居然还有积分制度，而且还堂而皇之地存储在手机里。明明是同年龄的高中生，但小山伸夫与高桥真治简直就生活在两个世界啊。

“啊——今天就算了吧。”

“嗯，为什么？”

“身体状况其实还不怎么好，而且总得把这个送回去吧。”

我轻轻地拉了下想往前跑的可可身上的牵绳。

“真扫兴。”

“对不起，下一次吧。”

“哦……好久都没和真治亲热了呢。”

天啊，快饶了我吧，再这样下去我怕自己就得向诱惑投降了。自己本来就没什么抵抗力的。

我把美夏缠绕在我手臂上的手掰开，离开她的身边。

“怎么，去哪儿啊？”

美夏一边不甘心地叫着，一边从后面追上来。

“要把狗还回去呀。”

“……果然是个女人的狗吧！”

“男人的！”

“我不信！说那人全名！”

“小山伸夫！”

将自己的名字作为他人的名字大声地叫出来，突然之间心情又落寞起来。

“东高的新朋友？”

“是的，”我回过头去又加了一句，“不过他已经死了。”

趁她一下呆住的时机，我顺势追着可可跑远了。

◆

我将可可拴在小山家后，又走回了高桥的家。爸爸貌似也是下了班才刚刚回到家的样子，于是我们便一起去餐室。

“第一天感觉怎么样？”

“没什么事。感觉今后会慢慢习惯的吧。”

“见到小美夏了吧？”

“是的，在外面碰到了。”

“她非常担心你哦。”

“对她都说明了，已经没事了呢。”

“这样……嗯，这些是什么？”

妈妈看到我抱着的杂志，露出奇怪的神情。我把可可送回去以后，顺便去了趟书店买了最新的铁路杂志回来。

“这个嘛，就是杂志啊。”

“我当然知道是杂志，不过你上一次对电车感兴趣还是小学生呢。”

“可不是嘛。”爸爸接着说道，“说起来，你自打回家以来都没有弹过吉他吧？”

“嗯，不大想弹。”

爸爸拿过我手中的杂志，粗略地翻了翻。

“真是不可思议，人的大脑真的都是谜团啊。”

他不断重复着类似的话。

这对父母一定对他们儿子的巨大变化非常困惑吧。当然，这两个人也一直在努力地接受这些变化。

虽然成为他们的儿子只有短短的两个月，但是我很喜欢他们。

二十年前，在英国制造公司工作的高桥爸爸来到日本，原打算只是驻留工作几年。但偶然在上班的电车上初次遇到了年轻时的高桥妈妈，两人一见钟情，后来便了结婚。本来就很喜欢日本的高桥爸爸便将高桥妈妈的姓氏“高桥”作为了自己的日本姓氏，并不断努力融入这个国家，使自己从骨子里成为一个地道的日本人。

我开始觉得，做这两个人的儿子也并非是什么坏事。

“Railway buff。”

合上杂志还给我同时，爸爸说了这个单词，发音纯正。

“什么？”

“Rail.way.bu.ff。”

这次，爸爸咬着一个一个的发音念给我听。

“意思是‘狂热铁路粉丝’，哦，日语的话应该说是‘铁路御宅’[①]吧。”

爸爸眯着眼睛笑着说道。

他的眼中有包容一切的宽厚。

① 御宅：指热衷于某种文化，并对该文化有极深入了解的人。

4

转学后的第二个上学日。

今天打算真正开始寻找凶手了。

走向教室的途中，无论是楼梯还是走廊上，不断有女生们扎堆儿在一起，一边往我这边偷偷看，一边说着什么。

“听说是混血儿啊。”

“肯定是啊，看那腿多长。”

一旦发现我的眼神接触到她们，女生们便嘻嘻笑着，慌忙转过头去。教室门口围着的女生越来越多，我走进去的时候，差一点儿就和在门口扎堆儿的女生集团撞在一起。

女生们发出一片娇羞的叫声，脸颊通红地互相兴奋宣告：“碰到了！碰到他了呢！”

这种好像少女漫画中的滑稽事情，居然在现实中就这么发生了。

对于她们那样的兴奋，我虽然不至于很反感，但只能以冷淡的目光予以回应。如果我还是小山伸夫的话，不要说跟她们这样接触，就是稍有触碰都会被痛骂“走路看着点儿”“好恶心”之类。记得有一次，我帮一个女同学捡起了掉在地上的橡皮擦，对方非但没有感谢，还厌恶了半天。我这脑子里仍然是小山伸夫，可她们对我的态度却天壤之别，究竟是为了什么？

教室中的同班女生们尽管装作并不在意我的样子，但我能察觉到她们仍然在关注我的一举一动。

“早啊，高桥！”

带着与足球队长相衬的爽朗笑声与灿烂笑容，佐佐木君亲热地向我打招呼。

“早上好。”

我把书包放在课桌上，先查看某位学生在不在。他披着外套的脊背弯曲着，一个人寂寞地坐在课桌后面。

他在——田中吉雄，我原本在此唯一的朋友。

一年级的时候，当我们两个人知道对方也对铁路感兴趣，便立即成了朋友。不过因为两个人都不善于谈话，所以即使在一起的时候也只是默默地看着铁路杂志和时刻表。这在其他同学们看来当然是很怪异的。

以前我总是直接叫他吉雄的，可现在我必须把这到了嘴边的称呼换成“田中君”。虽然我向他主动搭话让全班同学都吃了一惊，不过最吃惊的还是吉雄本人。他使劲儿将肉肉的脑袋转向我，嘴张开便合不上了。我直接走到他座位旁边，正视着他的脸，继续发问。

“听说田中君也喜欢铁路？”

“啊？是的，我喜欢的。”

吉雄拿出毛巾来擦汗。

吉雄对任何人说话都使用敬语，即使对方与自己同龄，甚至比自己年龄小，他也会用颤颤巍巍、低声下气的口气与之说话。女生们背地里说这也是御宅族的一大特征。

全班同学都在好奇地看着我们两人。

“最近我开始对铁路感兴趣了。当然，还有很多不明白的，可以的话希望你能教教我。”

吉雄的脸“唰”的一下变得通红。

“……啊，这个，当然可以了。”

背后传来窃窃私语的声音：“高桥君是‘铁路宅’？”“真是好意外啊！”“真可爱！”……

我不由苦笑起来，在我还是小山伸夫的时候，同样的兴趣就被讽刺是御宅啊、好怪啊。尽管最近连电视节目里和网络上对“铁路宅”的看法都开始改观了，但对于连铁路研究社团都没有的东高来说，“铁路宅”依然是会被敬而远之的。学校不同，学生们接受各种事物的程度和包容性也会有相当大的区别。

直到上课铃响起，我都故意一直站在吉雄的座位边上，听他谈论曾专门去拍摄曾在关西运行、即将退役、号称阪急女皇的6300系火车头的非凡经历，以及如何利用时刻表进行假想旅行的方法之类。最后，我友善地留下一句“好，那么午饭的时候我们继续谈”，然后转身回到自己的座位，立刻感受到某种决定性的变化发生了。以前从来都没有人主动去找吉雄搭话的，但就在我刚离开，便有女生凑到他面前去央求：“那个时刻表什么的，能不能给我看看？”

真是愚蠢之至。这个人那个人，全是蠢货。只要是长相俊朗的混血儿高桥真治做的事情、感兴趣的事情，她们就无条件地抱有好感。

通过这件事，我将从来没有人理睬的吉雄引为同伴，自己觉得这也算是做了一件好事。

这些人哪，都太无聊了。

和其他家伙一样，到头来我也还是要被外貌所摆布。

◆

进入文化节模式以后，整个教室里都是越来越忙乱的样子。

即使是在上课的时候，大家也在想着“校园开放日那天要邀请谁来参加”“后夜祭的晚上要找谁去告白”之类的事情。学校方面也明白文化节期间上课是没什么效果的，所以去年便在文化节准备时，将一般课程以外的某些活动——交通安全指导啊、针对来年中考希望上东高的初中三年级生的参观说明会之类，也安排在同一周时间内。实际上，今天我们班的第一和第二节课也被交通安全指导给取代了。大概正因为如此，早上点名的时候，教室里有不少空出的座位很显眼。丸山同学也不在。原本我想叮嘱她不要将昨天我给花瓶换水的事给说出去的。

到了午休时间，吉雄慢慢往我的座位这边走来。看他的表情，似乎对于我是不是真的请他一起去吃午饭这件事还将信将疑。

“肚子也饿了吧。走吧。”

我一边往食堂那边走，一边向吉雄询问他喜欢的铁路、路线……但是吉雄只是低着头、偶尔从嘴里挤一出句没头没尾的回答而已。我了解的，吉雄这人是非常怕生的。

我们买了炒面面包、果酱面包、咖啡牛奶，走到校园中草地上坐下来。我一边吃东西，一边告诉吉雄自己是看电视节目特集的时候开始对铁路感兴趣的。

“因为这个学校里面好像是没有铁路研究社团，所以就想向田中君请教了。”

“……啊，当然可以呀。”

吉雄的嘴里一边咀嚼着鸡蛋，一边迟缓地回答。可他还是避开我的目光。

我是不是应该向他讲明自己其实就是小山伸夫呢——

但是瞬间，我把这个想法排除了。

他到底会不会相信我呢？设想一下，如果是我处在他的立场上，吉雄来告诉我说他的身体被替换成了另外一个人——我想自己是不可能相信的，绝对不会相信。所以思考之后，我最终还是放弃向吉雄说明一切的想法。但是，我有很多事情是想问他的，并且也有很多事需要他的帮忙。因此我决定这么说：

“我想问下……小山伸夫，曾经也在这个班里吧？”

听到这个名字，吉雄明显吃了一惊，第一次抬起头来正视我。

“——为什么你会知道他？”

“实际上，那天晚上我目击到那次事故。然后，我想去帮小山君，结果一起摔了下去。”

“说起来，似乎听说当时确实有人一起摔下去了……难道就是高桥君？”

“对，就是我。但是这件事请绝对不要让别人知道。因为我有件事想秘密进行调查。”

“调查？什么事啊？”

“虽然那件事看上去像是事故……但其实并不是。”

吉雄瞪大了他那双小眼睛，直盯着我，呼吸急促起来，汗如泉涌，连忙拿毛巾擦。

“——到底是怎么回事啊？”

“那天，他是被一封信给叫到那地方去的。一开始，他还在想那封信是不是田中君写的呢。”

“我可不会有事还写什么信的。”

“知道。总而言之，他是被什么人给叫到那里去，然后又被推下去的。”

“什么？！”

“你有什么线索吗？听说他和班级里面其他同学的关系都不怎么好。”

“就算这样，也并没有到和谁结仇的程度啊。”

“这样啊。”

“不过……为什么高桥君会想到要做这样的调查呢？”

“因为，其实……我是他的远房亲戚。”

我想，这样糊弄过去应该就可以了。

“哦，原来是这么回事啊……”

“但是，这事必须对所有人保密。我要悄无声息地把凶手找出来。”

“明白了。不过，你是想让我也帮忙打探吧？”

“不。你原本就和小山君关系不错，大家都知道的。所以就算你去打探，如果凶手在边上的话，肯定也会心中有所警觉，什么都不说的。只有我作为转校生去问才有可能奏效。”

“嗯，确实是这样的。”

吉雄似乎是放下心来，表情也跟着缓和下来。

“如果真的有干了那种事的家伙，”吉雄的目光突然变得凶恶起来，直盯着我的脸说道：“我绝对饶不了他！”

◆

今天放学后，各班正式开始了推进文化节的准备工作。早上没有来的同学不知什么时候也都蹦跶了出来了。

当然，在我转学来之前，我们班要举办的活动早就已经定下了。那就是文化节的王道节目——鬼怪屋。

在教室中布置若干幕布遮断光线，同时制造出通道来，然后设置墓碑、枯井之类，让同学们扮演鬼怪吓人。基本来说就是如此。入场费一百日元。

去年是什么活动来着？想了一想，应该是咖啡店。男生穿上女装，扮演女服务生，女生穿上男装扮演男服务生。这个企划大受好评，客人蜂拥而至。我和吉雄是不可能被人叫去换女装的，所以主要的工作就是在后面搅拌酸奶、切割冰块、分类垃圾，从头到尾都在干幕后的工作。

即便对于一直身处班级边缘的我来说，文化节也是非常好的回忆。我和吉雄两个人作为兴趣志愿者，布置铁路展示区——历史上的新干线与今后的新干线的比较分析之类——给大家观赏。

由于我是刚刚入校的新人，所以今年文化节鬼怪屋的准备工作自然由除我之外的其他同学担当。那自己该干些什么呢？我发着呆思考着。

“那么，高桥君也请扮演鬼怪吧。”

执行委员长城崎由佳里以欢快的声调对我说道。

城崎由佳里是本班女生当中可爱、爽朗的代表，虽然有时显得比较严厉，但还是很受欢迎。她的披肩长发似乎三百六十五日无休一般，哪怕是参加体育大会，或是去校外学习，她也要将它们做成向内卷曲的状态才来上学。虽然她总是毫无顾忌地说出他人在意的事情——班里曾有不少男生都曾被她气哭过——但就因为其可爱的外表和举止，所以总能得到原谅。如果说美夏是对自己的美丽并不在乎的自然型美人，那么城崎同学就是处处在精心表现自己的可爱，并为此拼命努力的美少女。

“啊，好的，我就扮鬼吧。”

“要涂上血的。”

“需要赤裸上身吗？”

“啊呀呀！”

此语立刻引得女生们纷纷发出尖叫声，男生们则大都摆出无语的表情看着她们。连一直都没什么表情的丸山同学都呵呵地笑了。

“我也扮演鬼怪啦。”

佐佐木君拍拍我的肩膀。

“让我们一起来吓死些人吧。”

“化妆怎么办？”

“适当涂一些就行了。”

我们正想继续聊下去，城崎同学却提醒道：“好了，不要再说下去了。扮鬼怪的同学需要帮助制作鬼玩偶，所以既然高桥君同意扮演鬼怪，就请在今天放学后留下来进行制作吧。佐佐木君，你教教他哦。”

“了解！”

由已经死了的我来扮演鬼怪吗？这岂不是太适合我了。我这样想着，不由得苦笑。

班会结束后，大家为各自的工作散去，准备大道具、背景以及购买各种物资……

“田中君。”

我叫住正准备往教室外面走的吉雄。

“去年学校是不是有办过铁路展示会？可以的话，今年我们一起去看吧。”

“展示会？”

吉雄的表情很微妙，好像没什么兴趣的样子。

“什么样的？”

“退役的卧铺车厢什么的，怎么样？”

“哦……”

吉雄低着头思考了一会儿。

“让我想一想再说吧，行吗？”

“好吧。”

“那么，我去搞背景工作了。”

吉雄留下这句话后，便摇晃着矮胖的身体向着美术室走去了。

虽然我有些在意吉雄消极的态度，但毕竟自己也有要制作鬼玩偶的任务，所以并没有太多理会。为了空出制作场地，班级里的桌子全部被集中到讲台周围。在空出来的一大片场地中排放了缝纫机和制作材料，男女生各自坐在自己的位置上进行制作。

鬼玩偶是用白色的布料制作的。先按照模板裁好，然后用缝纫机缝合起来，塞入棉花，制成玩偶的头、身体和手足之类。各个部位都缝合好以后，再戴上假发，画上扭曲的线条，这样就基本完成了。最先做好的是一个蛇形女妖。

我一边用油彩笔在布料上画着，一边慢慢思考着。

将小山伸夫坠崖并非意外的事情对吉雄说了，到底对不对呢？虽然说了这不是事故，但实际上我也并没有什么证据。突然说出这样的事，可能只是让他感觉很混乱吧。

“怎么了，发什么呆呢？”

佐佐木君在边上正在用裁剪刀刷刷地剪着布料，大概是看我正在发呆出神，所以过来询问。我和佐佐木君已经相熟了。因为座位相邻，所以他总是有意无意地过来和我这个转校生搭话。

“这条线画歪了哦。高桥，你做这个做得可不怎么行啊。来，给我吧。”

新井君从我手中拿过油彩笔，利用模板在布料上插定型针，然后画好线。新井君真是无论何时都待人和善啊。他还邀请我去看足球队比赛，对我如同伙伴一般。

我对佐佐木君和新井君的印象不断改变着。两个人都很平易近人，很好说话。而且对人也都很和善。

记不得是以前哪一天了，总之是在早上的上学路上，佐佐木君看到有个小学生在信号灯是红色的时候仍往前走，一边叫着“危险啊，笨蛋”，一边抓住那个小学生的书包带将他拽了回来。而最让我吃惊的是，他看到有阿姨在黄色的盲道上停自行车也会去上前提醒：“请注意这里不能停车！”而我在生活中可从来没有在意过黄色盲道这东西，就算注意到，也没有那个勇气去提醒他人。

佐佐木君在没有旁人看到的地方对其他人也是亲切的，当然有时也是严厉的。他能够堂堂正正摆出这样的态度，我原先以为是因为他英俊、受欢迎、是足球部的主将，所以鼻孔朝天。但如今看来，即便是像我这样的转校生他也能迅速引为朋友，给予照顾。

我突然觉得，自己以前一直认为是自己其貌不扬才被别人排斥，但现在看来并不尽然，其实自己的潜意识和行为也有很多不当之处，比如看到长相英俊的人就觉得人家是鼻孔朝天，于是便敬而远之，从来不想去接近。

“笨蛋新井，你画的不也歪了吗。来来，给我给我！”

露出虎牙的佐佐木君豪爽地笑着，拿来其他颜色的油彩笔，将布料的褶皱抚平，然后重新画线。居然能画出这么规范又漂亮的线条。我们三个人打闹着制作鬼玩偶的时候，能感觉到女生那边不断飘过来的视线。佐佐木君和新井君本来就有很多粉丝，现在我又加入了这个小团体，其实还感到蛮难为情的。

当我还是小山伸夫的时候，觉得这两个人是很难相处的。但是如今，却觉得他们蛮真性情的，是不拘小节、豪爽、有男子气概、让人倍感舒服的家伙。

我从布料上拔掉定型针，拿走模板。

“你们两位，还记得开学典礼那天晚上在做什么吗？”

“嗯？”

正在将模板放到自己布料上的新井君歪着脑袋回应。

“你说的是第二学期的开学典礼吗？”

佐佐木君一边用剪刀裁着布料，一边问道。

“那是什么时候啊？”

“9 月 2 号吗？”

“对对。”

“那天晚上做什么了……那个时候社团活动已经开始了吧？”

“嗯，说起来确实是呢。”

“那社团活动大约是什么时候结束的呢？”我继续问。

“一般都到很晚的。”

“我记得那天特别练了长跑，直到晚上吧。”

“那天被教练欺负了啊！”

原来这两个人那天晚上都有社团活动，我松了口气。

“干吗特地问起这个？”

“嗯，其实吧……”

这个借口我事先已经想过了。

“因为那天我曾经来参观过东高。走在校园里迷路的时候，有几个人亲切地给我了指路。虽然我一直想向他们道谢，但是他们长的什么样子已经不记得了。”

“原来如此。这么说我们被留校还是件好事了。”

新井君这么说，佐佐木君笑了起来。

“你说有几个人，都是男生吗？”

“也有女生。”

……

从今天开始，我要真正开始寻找凶手了。文化节筹备期间正是绝好的机会。大家都在吵吵闹闹地制作各自的人偶作业，闲谈中就能问出不少事来——譬如，你 9 月 2 号那天晚上在干什么。

我一直觉得，杀死自己的人就是这班级中的某个人。

原本我将班主任坂本老师也纳入到怀疑的范围中。但是昨天我了解到那天包括坂本老师在内的全体教职员在班会之后，都立刻去开新学期准备会议了，直到很晚才结束。所以，我又将怀疑的范围缩小到同班同学中间。

这个班中有三十五名学生。

老实说，至今为止我仍然将信将疑。我和这个班中的所有人都没有太过深厚的关系，唯一称得上“朋友”的只有田中吉雄。吉雄那天去照顾奶奶了，而且他本来就没有任何理由加害于我。至于其他的同学，虽然暗地里会说我“奇怪”“不好相处”，但要说有人恨我恨到要杀了我，实在也是难以想象。

但是，那天我确实是被人叫了出去，然后被推下了悬崖——

就在鬼玩偶的各个部位差不多都裁剪完毕的时候，坂本老师叫来送慰问品的快递员到了。教室里的气氛一下子快活起来，我便利用这个机会询问了更多同学有关其 9 月 2 日晚上的行动。

虽说已经是两个月前了，但高中生的行动模式相对固定，所以大致都还有些印象。要么是参加社团活动，要么是去补习班、兴趣班上课，再或者就是去了超市、和朋友逛街，诸如此类。我和大家一起，一边手持可乐，一边大口嚼着比萨，欢声笑语之中，我差不多将所有人都问了个遍。

到此为止，承认自己去过三浦海食崖附近的人一个也没有。当然，我不能保证所有人说的都是真话。我在考虑明天要不要暗地里去调查一下他们所说的不在场证明。

大家把比萨吃得差不多了，正准备收拾好空盒子，我突然看到放在架台上的百合花。不知是不是为了腾出制作空间，花瓶也被移到了教室旁边的架台上，但摆放的位置感觉不太稳当，让人担心一碰就会掉下来。这时恰巧有个身材肥硕的男生撞了架子一下，眼看着花瓶晃动着，摇摇欲坠。

我不假思索地直奔过去伸出手——同时，另一只手也伸了过来，是丸山同学。

“啊，对不起。”

丸山同学吃惊地将手缩了回去。

“我才是对不起，没注意到你过来。”

“我也是。”

“因为看见花瓶差点儿掉下来。”

“我也是吓了一跳。”

“要不顺便去换个水吧。”

“不如一起去吧。”

我捧着花瓶，视线快速环顾整个教室。我对这个花瓶在意的事情，不想让任何人注意到。男生集团也好，女生集团也罢，此时都还沉浸在鬼玩偶的制作和闲聊中，谁都没有往我这个方向看。

于是，我和丸山同学一起偷偷地溜出教室，前往清洗池。

“丸山同学是扮装组的吧？”

“是啊。”

她立刻将刘海儿上的发卡拿下来，将脑后系头发的橡皮绳也拿下来，用长头发遮住脸。

“我好冤啊——”她做出吓人的姿态。

“哈哈哈，真是太像了！”我大笑出声。

“嘻嘻，是吧。”丸山同学也笑了。

丸山同学把头发重新束好的时候，我也把花瓶洗干净了。我把枯萎的花瓣拿掉，又将花束倒过来，把叶片和根茎放在水中冲洗。

“高桥君是奶奶养大的吧？”

“啊？”一瞬间没有想好要怎么回答。说起来，还真不知道高桥真治见过奶奶没有。

“这么倒过来洗花的男生，我可没见过。”

“啊，确实，我奶奶是挺喜欢花的。”我说的其实是我——小山伸夫的祖母。

“这样啊，高桥君看来从小就被教育得很好呢。”

“可能确实如此吧。”

那个和善的妈妈，总是笑着、让人感觉踏实的爸爸，比小山家要大得多的带庭院的别墅，放在自己房间里的好大一台收录机，还有吉他……我回想起高桥真治拥有的这些东西。猛然间，我觉得自己说自己从小就被教育得很好恐怕是有些古怪的，于是急忙否定道：“啊，其实也没有了。”

“没想到高桥君还蛮奇怪的。”

丸山同学侧歪着头，缓缓地从下往上注视着我。

原本给人感觉是个阴沉的女子，但这么一交谈，竟让我意外地感觉到她其实也是蛮开朗的。丸山同学肯定也是被外表所拖累的。就像是我，虽然性格仍然保持着小山伸夫的状态并没有改变，但是因为变成了高桥真治的外表，所以谁也不会觉得我性格阴沉了。我还是小山伸夫的时候，那么讨厌因为外貌而被人用“御宅”“无聊”之类的词来形容，但结果我自己对丸山同学其实也是一样带有着偏见的。

就像对佐佐木君、新井君那样，我从没有与他们好好对话过便决定对他们的印象，实在是不对的，我由衷地反省着。

“丸山同学，你记不记得 9 月 2 号那天晚上自己在做什么？”

“……为什么要问这个？”

听到我唐突的提问，丸山同学瞪大了眼睛。

“也没什么……”我把对大家说过的托词又说了一遍。

丸山同学注视着水慢慢注满的花瓶，思考着。

“那天晚上的话，我去医院了吧……”

“哦，医院啊？”

果然，丸山同学和平常一样去医院了。

“因为贫血又很厉害吗？”

“又……为什么高桥君会知道我贫血的事？”

丸山同学脸上现出了困惑的神情。糟了！到底还是说了转校生不该说的话。而且这样的事，怎么能向女生直接询问呢。

“啊，你今早不是没来嘛。”

在尴尬的气氛中，我将花插入装满水的花瓶中。

“这花已经渐渐枯萎了呢。”

“是的呢。等这束花差不多完全枯萎的时候，花瓶也就该收起来了吧。”

“怎么……”

看到我露出悲伤的表情，丸山同学感到有些意外。

“高桥同学为什么要在意呢？”

“并没有……”

我觉得自己必须沉默，也只能沉默了。

但是如果连这花瓶也没有了，那么小山伸夫这个人就会彻底被遗忘了。

“那么……我把新的花带来怎么样？”

“高桥君想拿新的花来？”

“嗯，我母亲在庭院里种了不少花，不过白色的花可能都已经谢了。”

丸山同学的脸上一下子放出光彩：“这样好啊，教室里有花很棒呀。一直都是白花也很无趣的，有明亮颜色的花不是更好吗？”

“嗯，好的，那我让母亲适当地挑选一下。”

我们回到教室，将花瓶重新放回到架台上，然后各自回到制作鬼玩偶的位置上。

在教室中，丸山同学的存在感很是稀薄。虽然以前也是如此，但最近女生们无视她的态度实在太过露骨。丸山同学默默地在女生们的制作玩偶的位置旁边坐下，尽管她已经表示出非常想加入她们一起制作鬼玩偶的意愿，但是没有一个人愿意主动跟她说话。而她则对她们的谈话频频点头称是，还不时发笑。当然，根本没有人在意她，但她还是很拼命地想做出回应的样子，看着实在是难受。

“喂，有没有人可以把这里的红色涂一下？”

城崎同学拿着玩偶的脑袋部分向周围问道。

“啊，我在缝呢，没空。”

“我也停不下来。”

只有这样的回答，城崎同学不高兴地环顾着周围。

“啊……我……”丸山同学的脸上浮现兴奋的表情，向玩偶伸出手去。

但是城崎同学叹了口气，道：“算了，还是我自己干吧。”便将后背扔给了丸山同学。然后拿来绘画用的刷子，默默地开始涂红色了。

丸山同学伸在半空中的手，不好意思地又缩了回去。然后好似在祈祷这个场景没有被人看到似的，偷偷环视了一下四周。

当我们的视线相交，丸山同学察觉到刚才的事被我看在眼里，顿时满脸通红地趴在桌子上。

我的胸中也很苦闷，好像就是在看着从前的自己。一起干活儿的时候被无视，这最让人心寒。

在这个班级中并没有欺负或霸凌的现象，刻意的拉帮结派也没有。正因为如此，也没有人会特意去向那些不擅长自刷存在感、不太会引人注意的人搭话。将原本存在的人好似透明般完全加以忽略或毫不在意，对那个人造成的精神伤害在某种程度上比有意识的欺辱更加严重。

丸山同学蜷缩起来的背影，通红的脸颊——那就是过去的我。

如果我还是保持小山伸夫的样子，那是不可能被人邀请来扮演鬼怪的。就算是在放学后被留下来做文化节的准备，肯定也没法加入到任何一个制作团队里面去，只能是和吉雄两个人自行打发时间罢了。

去年就是这样的。我和吉雄两个人在放学后做好了准备，一直等着有人叫我们去做任何事。但是大家愉快地制作咖啡店招牌，根本没有把我们放在眼里。吉雄当时畏畏缩缩地想伸手去帮忙涂油漆，结果马上被用厌恶的口气阻止：“那个不要碰！”“现在来帮忙晚了！”像现在这样能够热闹地融入团队里面，我明白完全是靠着高桥真治的这张脸。而仅仅因为看上去和高桥真治的关系不错，今年吉雄也受邀加入到背景制作团队去了，因人手不足，在活动当天还被委派去担任接待人员。

我一边裁剪着布料，一边偷偷去看女生那边。丸山同学还是完全被无视着。去年的我对这样的事还能够忍耐，因为反正身边还有吉雄。然而丸山同学去年、今年却都是孤单一人。

我放下布料和剪刀站起来，向女生们走去。

我上前打了声招呼，女生们立刻停止了闲聊，以充满期待的眼神看着我。都在等待是哪个幸运儿会被我主动搭话。我的目光在丸山同学和城崎同学之间徘徊，这更增加了周围女生的紧张感。

“什么事啊，高桥君？”

城崎同学停下手中的工作，两眼闪烁着向我问道。

“那个，我想请你们稍微注意下，是否可以让所有人都参加到鬼玩偶的制作中来。”

在表情紧张的城崎同学边上，丸山同学的脸唰的一下变白了。

“别，别说了，高桥君……”

丸山同学慌忙地想打断我，但我还是继续说了下去。

“城崎同学一向是处于众人的中心，也许对于其他人并不怎么放在眼中。但是，多注意一下周围的人不是也很重要吗？”

女生们这边静得没有一丝声音。教室的另一边，围成圈儿的男生们正在专心听着苹果手机中播放的音乐。所幸他们对这边的事完全没有察觉，继续手头的制作。

“你这话是什么意思嘛？”

城崎同学的表情严重不爽，好看的嘴唇歪到一边。

“为什么你不把工作平等地分给每个人呢？我都看到了。”

“平等……我这么忙，怎么有空顾及那种事呢？让手脚快的人尽快完成制作就最好了呀。”

“没空顾及？知不知道被你这么说的人很痛苦。明明就坐在这里却被你视而不见。其实你是看见了的，是吧？”

我往教室的另一侧抬了抬下巴。女生们都回过头去看，那里有一只插着百合花的花瓶。

“你到底在干什么啊？这和高桥君没有关系的吧！”

似乎是无法再忍受了，丸山同学冲我大喊一声，便奔出了教室。

该死，过头了。我慌忙追了出去。身后传来城崎同学喘着粗气的抱怨声：“这都说的是什么呀？莫名其妙！”

我追出去，看到丸山同学在不大有人经过的顶楼楼梯上抱膝坐着。

“抱歉，我一时没多想就做出格了。”

我打了声招呼，走过去一看，丸山同学抬起铁青的脸，马上就要哭出来的样子，眉毛纠结在一起。

“你这样做让我很困扰的……”

“可她们那样不是很过分吗？”

“没关系呀，本来我一直就是这么过的。”

“别这么说嘛。”

丸山同学直直盯着我看了半天，好似放弃了一般，叹了口气。

“高桥君，算我求你，今后就不要再理我了，好吗？”

丸山同学无力地留下这句话，随后便起身，一脸痛苦地走开了。

混账……我就是看到那种情形没法不管嘛。

我一边生着闷气，一边回到教室里，果然女生们那边都向我投来了冰冷的目光。我在心里吐了吐舌头，无所谓地回到男生那边去了。

“听说你刚才和女生那边有些摩擦？”

正在往鬼玩偶的手臂里面塞棉花的佐佐木君问我。

该死，露馅了吗?

“也并没有什么……”

“这台缝纫机还是问女生们借的呢，可别得罪她们哟。”

新井君警告了之后，佐佐木君便得意地接过话头道：“我来教你个绝招，这时候可以用的必杀技。女人们要是不高兴了就这么干，”他摆出温顺的表情，“我已经在反省了，原谅我啦！”说着，还吐出了舌头，大家哄堂大笑。

但我仍然高兴不起来。

虽然摆出了一副正义凛然的样子在众人面前那样说话，但我知道也许这种同情也是非常伤人的，我比任何人都了解——啊，我真讨厌自己！

我一边继续做鬼玩偶，眼前一边浮现出丸山同学那寂寞的背影。

那天直到最后，她也没有再回到教室里来。

◆

结束作业走出学校的时候，已经过晚上 7 点了。

我今天是和佐佐木君、新井君一起回去的。他们两个人一直在热烈地谈论足球和电影的话题，我在一旁偶尔附和两句，但其实心里还在惦记丸山同学的事。

“喂，你发什么呆呢？”佐佐木君拍了拍我的肩膀。

“啊，没事……”我慌忙摆出笑容敷衍过去。

“对了，高桥君有带手机吧？昨天我就想问了，我们来交换一下号码和邮件地址吧？”

佐佐木君将智能手机掏出来，新井君说了句“好主意”，也把手机拿出来。

这可能是与他们进一步相处更好的方法。没准可以从他们那里获得某种信息也说不定。我于是也从裤子口袋里拿出手机。

“啊！”手机竟然意外地从我的指尖滑了下去——然后正巧落在了刚刚抬起的足尖上，瞬间被踢了出去，飞到路边的U形水沟里面。天啊，那水沟底下都是水！

“哇！真的假的？”

佐佐木君小心地过去将手机捡回来，交回到我手中。大概是电池进水受潮，手机屏幕不亮了。

“别乱动，可能发生短路。”看到我试着在摆弄手机，新井君慌忙阻止我。

“啊，不行吗？”

“嗯，最好是拿到销售店去看看。”

唉……真是个打击。

“真对不起，都是我这个时候说要交换号码。”佐佐木君抱歉地说。

“没有了，这不关佐佐木君的事，本来就是我笨手笨脚的错。”我突然意识到自己的肉体虽然改变了，但是笨手笨脚的毛病却没有变。看到我叹了口气，新井君“扑哧”一声笑了出来。

“啊，不好意思，我不是在取笑你……只是觉得刚才这件事如果被女生们看见了，一定会尖叫‘啊，好可爱啊’‘居然是个笨手笨脚的孩子呢’之类的。”

原来如此，作为高桥真治，连笨手笨脚都是可以与可爱画等号的。

我就此与他们两人分手，到手机销售店去修理进水的手机。想着妈妈刚刚买给我的新手机就要拿去修理，真是很不好意思。我将进了水的手机交给店家，拿到了暂时替换使用的手机。

回到高桥家之前，我先去了一趟小山家。这个时候母亲大概还在工作吧，但即便如此，我还是非常期盼能够见到她。家里果然是没有亮灯，看来母亲确实没有休息，又出去打工了。我悄悄地溜进院子，将可可的系绳解开。大概是明白我会牵它去散步，可可高兴得摇着尾巴。

我带着可可去了河边散步。大约三十分钟后，我又把它牵回来系好。

“我明天再来啊。”我和可可告别之后便回了高桥家。

“小真，欢迎回家，肚子饿了吧？”妈妈从厨房伸出头问道。

“是的。”我闻到了烧肉的味道。

“洗下手，换下衣服，马上就下楼来吧。”

听着妈妈温柔的声音，我先上楼去了。

这真好啊！打开门就有妈妈亲切的欢迎，就能闻到晚餐的香味。

我从小便是自己带着钥匙出门回家的，从早到晚都要去打工的母亲是不可能在家欢迎我的。自己的饭自己做，连去远足和运动会的便当也都是自己做的。

我从未觉得自己过往的生活是不幸的，但也确实感觉进入如今这样的家庭是真的很不错呢。

我换好衣服去餐室，爸爸正好也下班回来了。于是，我们三个人一起坐到餐桌旁。

“东高怎么样啊？”

“挺不错的，也交到新的朋友了，而且本周还是学校的文化节。”

“这样啊，那确实赶上了个好时机嘛。”

“英国的高中有没有文化节之类的？”

爸爸将长满金色细毛的手臂抱在胸前，陷入思考。

“我所上的高中曾举办过 Culture Festival 的活动。但是那与日本高中的文化节是不一样的。日本的文化节是以班级为单位，组织模拟咖啡屋等活动为主吧，但是 Culture Festival 是以俱乐部为单位进行活动的——比如法语俱乐部负责牛角面包，西班牙语俱乐部负责杂烩菜饭，这样制作相应的具有俱乐部特色的食物——然后拿到校园里贩卖。就是说，要将那一国的文化介绍给大家，是这样的节日。但说是节日，也并不是一整天都举办这个，只是中午那段时间而已。当然，参加活动的学生在那一天中会穿着对应国家的民族服装，还是很有些节日感觉的。但确实远没有日本的文化节那么热闹。”

我们一边这么聊着，一边吃蔬菜炒肉、喝味噌汤，我很快就将一碗饭吃完了。

我的举动越来越像个正常的儿子了。其实我原本是很怕生人、很少说话的，能够像这样在别人的家庭里面生活，本身就算是个奇迹了。

“小真，你在吉尔福德上小学的事，还记得吗？”

妈妈每次找到机会都要提起过去的事，希望能唤回我的记忆。吉尔福德似乎是位于伦敦近郊的某座城镇，高桥一家人过去曾在那里生活过。

“那里不是举办过 Culture Day 的活动吗？而且那天妈妈还让小真穿上浴衣和服去参加了呢。”

妈妈以期待的目光注视着我。这样的目光对我来说实在是极大的压力。

“嗯……是这样吗？”

“你曾经的班主任史密斯小姐非常喜欢那件浴衣的……小真还约定要把浴衣送给史密斯小姐呢，真是困扰啊。是吧？”

她又强行想让我接下去说。

爸爸注意到我露出不舒服的表情，连忙解围道：“算了妈妈，不要老是让他去想。”

“但是……这样感觉很疏远啊，简直就不像是小真。有种客人的感觉……”妈妈好像要哭出来，垂下了头。

其实我的心也感觉很痛。

“没关系的妈妈，好啦。”爸爸的右手握住我的手，左手握住了妻子的手。

“就算想不起来也没有关系的。而且爸爸觉得现在的真治，很有个性魅力的呢。”

爸爸将两只手汇拢在一块儿，让我与妈妈的两手相握在一起。

“是啊，妈妈也是明白的……对不起，是我太心急了。”

妈妈握着我的手指，想靠近她自己的脸颊。但对于西式的家人接触并不熟悉的我下意识抽回了手，妈妈的脸上再度现出了受伤的表情。

“我还想喝啤酒呢。妈妈，一起去趟超市吧。”

爸爸立即提出建议，两个人就外出了。这是想留给我独处的时间吧。而且也是给妈妈时间以平息寂寞。能够很自然地做出如此安排，不愧是来自英国的绅士。我不由得从心底里尊敬这位爸爸。对于从来没有爸爸的我来说，他的形象实在高大。

——是客人吗?

这就是我在这个家庭所处的位置。我自己也无法将类似于过着寄宿生活的心情排遣清除。想这也是没办法的事情。但是，这也不能成为我就此放弃的理由。这两位父母为了与我相熟起来，拼尽全力，操碎了心。我也必须相应地采取一些行动作为回报。

我叹了口气，将盘子里剩下的菜吃完，开始收拾餐桌。我洗了盘子，擦了餐桌，将剩下的菜装进保鲜盒，准备放到冰箱里去。我打开冰箱一看，里面有牛肉、奶酪、竹轮[①]和半片[②]。突然想起爸爸说的——还想喝啤酒。

那不如我为他们做点儿什么吃的吧，说不定他们会很高兴的。

我从小时候起就为打工晚归的母亲做晚饭。为了让晚餐更有

---

① 日本小吃，香港及澳门俗称狮子狗鱼蛋、狮子狗丸、狮子狗卷或狮子狗，最早是一种将鱼肉泥、面粉、蛋白、调味料混合，裹在竹签上、细木枝上并以火烤或蒸食的小吃，现在多已改用机器制造，不再使用传统制法。

② 日本小吃，用白身鱼（主要为银鳕鱼）肉、山药等磨碎后蒸制成的鱼肉加工品。由于是白身鱼肉制成，颜色通常为白色。

趣味，还必须要加上一两种可以下酒的小菜。我在竹轮里面塞入奶酪后，再用油煎一下；将半片切成小块后外包牛肉，然后加柚子胡椒、酱油炒一下，为了增加香味，我最后还加了点儿芝麻油。

“啊，这是什么？好香啊！”

不知什么时候爸爸妈妈已经站在厨房入口了。

“啊，欢迎回来。”

看着我将几个盘子放到餐桌上，两个人睁圆了眼睛。

“这是小真做的？”

“是啊。”

“……”

我明白了，高桥真治是不会做菜的。完了，我正在担心是不是搞砸了的时候，爸爸坐到了餐桌边上，将用半片做的牛肉卷送入口中。

“哇，真好吃！”

爸爸就好像吃到糖果的小孩子一样鼓着嘴。

“妈妈，你也来尝下，跟啤酒真是绝配呢。”

“……真的吗？小真居然会做菜？”妈妈也坐下来，爸爸喂了一个奶酪竹轮给她吃。

“怎么样，不错吧？”

“真好啊！”

妈妈虽然强作笑颜，但我从她的表情中仍然能够看到一丝不快。她虽然是拼命想努力接受我身上所发生的变化。但是内心还是期盼她过去的儿子能够快点儿回来吧。

爸爸开心地将买回来的罐装啤酒拿出来，打开易拉罐盖。

“真是好吃啊。”

爸爸喝着啤酒，突然注意到了什么，他的手停住了。

“你把刚才的盘子也洗了？”

“啊？嗯，是的。”

“这不是太好了吗，妈妈。”

爸爸眯着眼笑着。他努力想让妈妈注意到我现在的长处，给予我充分的展示机会。

但是妈妈却并没有抬头看我，她低着头说：“是啊，以前是从来不帮忙做家务的呢。”她的口气中饱含着矛盾，不知是应该赞扬还是觉得可惜。

“真治，也坐下吃一点儿吧。”

爸爸指着妈妈旁边的座位。他这样给我创造亲近妈妈的机会，反而让我感觉待不下去了。

“我就不吃了，想去睡觉了。”

爸爸给妈妈使了个眼色，但是妈妈只是呆呆地拿着筷子，眼光落在餐桌上，并没有挽留我。

“晚安。”听到我这么说，妈妈终于抬起头，看着我微笑道：“晚安，小真。”

感觉在她的眼中有泪花。

我将他们两个人留在餐桌旁，自己回到了房间。胸中有一股难以抑制的烦躁感席卷而来。我刚趴到床上，手机响了。

是美夏打来的。我慌忙跳起来，紧张地按下通话键。

“啊，美，美夏。”

我还完全没有适应有女孩子给我打来电话。

“昨天我一直在给你打电话呢。”我听出美夏在闹别扭。

“抱歉，昨天搞文化节准备，太忙了。”

“啊呀，东高的文化节就是在这一周啊？这下完了，我们这边也是这一周。我还想请你来玩呢。你那边搞的什么活动啊？”

“鬼怪屋。”

“哦，保留节目啊。”

“你那边搞的什么？”

“可丽饼店。还是老一套——啊，对哦，说来你也会不记得了。”

“嗯。”

“难道真治是要扮演鬼怪吗？”

“正是。”

我的紧张感在与美夏的对话过程中稍稍缓解了一些。我们就这样随便地闲聊着。大约过了三十分钟，美夏说要去洗澡，便挂断了电话。过了一会儿，美夏又发来了邮件。

“我能去你家玩吗？”

“可以啊。”我回复。

“多茂津和茂树也想去哦。”

谁啊，我想了一会儿，总算记起是以前和高桥一起玩乐队的成员。

“可以啊。”

“还喜欢我吧？”

我看着手机的屏幕面红耳赤。对这样直截了当的表白我仍然不能习惯。

“当然。”

虽然不能习惯，但我还是这样回复了美夏。

“我也最喜欢真治了！”带有心形表情的回复。

我一边想着情侣之间这样你来我往的对话是否要一直持续到睡觉为止，一边回复了一句“谢谢”。

然后，又有收到邮件的铃声。我想那一定还是美夏，便漫不经心地再次打开邮件来看。顿时吓得倒吸一口凉气。

“不要再探寻小山伸夫的事情……”

面前的白色屏幕上，无机质的文字浮在眼前，惊得我汗毛倒竖。

我想立刻确认一下是谁发的邮件，但是对方没有注册的邮件地址，是利用免费匿名邮箱寄送过来的。

“你是谁？”

我用颤抖的手指输入了这些文字之后发了出去。感觉心脏狂跳，但是可以确定，发这封邮件过来的人，一定知道我在学校里调查那天晚上的事情——

对方是怎么知道我邮箱的?

几分钟后，收到新邮件的铃声响起，我又被吓了一跳。

“我是知道真相的人。”

——真相？！

“你知道什么？”

“我知道你的真实身份，而且也知道那天晚上到底发生了什么。”

我一个字一个字地读着手机屏幕上的内容。这家伙当真知道真相?

“那么是谁杀了小山伸夫？”

当我把这个问题发送出去之后，手机沉默了几分钟。然后又响起了收到新邮件的铃声，我立刻打开来看。

“这件事，你应该最清楚。”

——什么？

到底怎么回事？这家伙究竟在说什么？

“告诉我！”

我抱着期盼的心情再次发送了邮件。然而等了很久，那个“真相知晓者”再没有新的邮件回复过来。

那天晚上我没有睡着。

“真相知晓者”的邮件一晚上都在我的脑中盘旋。

高桥真治的邮件地址我并没有告诉过东高的同学啊。而且从出事至今也只和美夏之间互相发送过邮件，甚至连我自己都还没有把高桥真治的邮件地址记清楚呢。

但是毫无疑问，这封邮件是注视着我放学后举动的人——东高的人——写出来的。

而且——“我知道你的真实身份……”

难道是看穿了我并非高桥真治本人，是这个意思吗？

但是连我自己到现在都难以置信的事，那个人是怎么知道的呢？

知道真相，而且不想让小山伸夫的事件继续被人探寻的人……

难道是说……“真相知晓者”就是谋杀我的凶手？这个等式成立吗？

但是那人究竟是通过什么方法看穿我并非是高桥真治的呢？

迷雾越来越浓了，我就这样胡思乱想着，一晚上没有睡。

但是有一点可以肯定，2 年 A 班的三十五名学生——凶手，必定就在其中。

5

第二天早上，我早早就下了床。

反正也睡不着，想着就干脆第一个跑去教室吧。

“早安小真，今早这么快就下来啦？”

我一到厨房里便闻到了面包的香味，妈妈如同往常那样爽朗地与我打招呼。

“妈，我想拿点儿花去学校里，行吗？”

“嗯，是庭院里的花吗？”

“是的。教室里看上去比较沉闷。我想你种的花可以让大家都愉快起来的。”

“哦，这样啊……”妈妈露出稍有些意外的神色，但马上转换为高兴的笑脸，“当然好了。那我马上去剪给你。听你这么说我的那些花，还怪不好意思的。”

我吃面包的时候她便到庭院里去了，一边哼着歌，一边给我剪了一些花下来。

“爸爸说的真的没错。”在我正要走出大门的时候，妈妈一边将卷在报纸里面的花递给我，一边这样说道。

“嗯？”

“如今这个样子的小真真的非常不错呢。昨晚上你做的菜，要教教妈妈哦。”

妈妈好像想通了什么似的，神清气爽地送我出了家门。

我一边考虑着昨晚的邮件，一边小跑着去了学校。

我打算将花瓶中即将枯萎的百合花换成妈妈新剪下来的鲜花，但又不想任何人看见是我去换的花。所以我想尽量早地赶往学校，就是为了不碰到任何人。

但是，2 年 A 班的门竟然是敞开的，原来城崎同学和丸山同学都已经来了。两个人面对面地坐在那里，看到我进来，好似早有准备一般站了起来。城崎同学和跟在她后面的丸山同学，大大方方地向我走过来。

“那个，高桥君，”城崎同学连句早上好也没说，就傲然地将下巴扬起，如同宣告一般道:“昨天那件事，我原谅你了。”

我看了她一眼，她咬着嘴唇叉着手指，摆出一副无论如何请你听下去的姿态。

“虽然我当时确实有些气，但是我的性格就是那样，什么事都习惯自个儿干下去，有时候也不听别人的意见。其实高桥君所说的话也是有道理的。所以，请你原谅。”

不仅是抱歉，而且还请我原谅，原本高傲的城崎同学竟然会这么说。在她的身后，是好似特意躲藏在那里的丸山同学。她小心地看着我，开口道:“那个，我真的完全没事的。”

“明白了，我那样说话，也是很抱歉。”

“嗯，我是挺生气的，不过我也确实有点儿自作主张了。”

“我知道。但这也正是城崎同学的优点所在啊，可以带领大家不断向前进。”

城崎同学的脸忽然害羞地红起来。她除了充满元气之外，确实有如此可爱的一面。

“难道你就是为了这件事才特意这么早来的吗？”

“是的，昨天晚上一直在反思这事，所以今天就想早点儿来。但是，你为什么拿着花呢？”

城崎同学注意到我手中握着的东西——包在报纸里的花束。

“啊……”事到如今掩盖反而不自然，于是我老实说道:“因为那边的花枯了。”我指了指教室后面的花瓶。

“哎，高桥君真是温柔呢。明明都没有见过那个人。”

城崎同学向我露出富有魅力的笑容。感觉她对我的好感度应该是上升了。

“没那回事了。”

怎么能没见过呢？大爷我就是小山本人啦。

我正要去取花瓶，城崎同学连忙道：“我也来帮忙！”便将花瓶拿了过来。

于是，我们三个人便一起走出教室去洗手池。走廊的窗子透进来早上的阳光，让人通体舒服。从操场那边能听到棒球部早间训练的呼喊声。

我在洗手池的瓷砖台面上解开捆扎的橡皮筋，将报纸铺开。刚才蜷曲着的各色鲜花终于得到自由一般，瞬间打开花瓣。白色的瓷砖反射着朝阳，映衬得花朵愈发鲜艳。

“好漂亮啊。”丸山同学赞叹道。

“我妈妈今早刚刚剪下来的鲜花。”

“高桥君的妈妈很擅长园艺吧？”城崎同学也眯着眼，开心地看着盛开的花朵。

“丸山同学应该喜欢这种颜色鲜艳的花吧？”

“是的，我就喜欢这样的感觉，华丽的花朵。康乃馨、金盏花、大波斯菊、玫瑰……”

丸山同学凑近花朵，好似在确认香气。

“这样啊，我都不知道。不过说起来，丸山同学是担当过园艺委员……啊，但是为什么高桥君会知道丸山同学的喜好。你以前认识她吗？”

“没啊，怎么可能呢？”我慌忙否认。

“哦。”

城崎同学好像并没有在意，继续将花瓶装满水，关上水龙头。我将那些鲜花插进花瓶里。

“能存活的时间长一些就好了。”城崎同学抚摸着花瓣道。

“我妈妈说明天让我再带瓶七喜来。”

“七喜？”

“那个营养价值很高的，对吧？”看到城崎同学歪着头一脸莫名其妙，丸山同学得意地接过话头道：“嗯，其实放入点儿砂糖也是不错的。”

“啊，糖分对这个是有好处的啊？哇，真的不知道呢。”城崎同学恍然大悟，点着头。

“那个，城崎同学，”我一边走，一边装作随意问问的样子道，“你在开学典礼那天晚上做什么了？”

昨天，因为那件事与城崎同学之间的气氛不大好，所以这个问题还没有问过她。

在边上走着的丸山同学惊讶地嘀咕着："这个问题你是打算问所有人吗？"

"开学典礼，是本校的吗？嗯，我做什么了……社团活动？啊，不对，那天……"城崎同学一边思考一边嘀咕着。

"啊，那天我感冒了，"她好像突然想起来似的，拍着手道："我在家里睡着呢！"

"哦，明白了，谢谢。"

"嗯，为什么要问这个？"城崎同学以可爱的表情向我发问。

"也没什么，为了找人。"

城崎同学以探寻的眼神打量了我一番后，微微一笑道："希望你早点儿找到那个人呢。"

◆

今天是我转校过来的第三天。

放学后依然要留下来做鬼怪屋的准备工作。活动在三天后就要举办了，教室中一片忙乱。黑色、绿色、红色的油漆到处乱飞，充满了胶水的气味，发泡海绵切割后的碎屑因静电黏附在衣服上。还有人拿着涂装喷雾器对战互喷，围着女生打闹，拿着扫帚当吉他假装弹着。

趁着混乱，我悄悄地跑出教室，验证昨日打探到的所有人的不在场证明——我要开始寻找证据了。既然怀疑凶手身份很可能就是同班同学，那么只能找本班同学以外的人来佐证了。

说“留在图书馆里”的人，查当日图书委员值日表可以印证；说“参加社团活动”的人，我可以以“正在考虑是否加入贵社活动”为由，从顾问老师或经理那里查到该社团的活动日志；说“去了预备学校”的人，装作其亲戚的样子给预备学校打电话，以“孩子最近似乎交上了坏朋友，想查一查那天是否真的去学校”为借口去询问……至于佐佐木君和新井君参加足球部练习的事，通过其社团女性经理就可以得到确认。但是，对于声称待在自家的城崎同学和在医院的丸山同学暂时就没有办法确认了。

我一边思考着该怎么办，一边走回教室。教室中依旧吵闹得极为厉害。好像谁都没注意到我跑出去过。

“高桥君，你去哪儿了？”

这声音吓得我一抖，回头一看，是吉雄。

“啊……有点儿事情。”

“哦。”吉雄好似想看穿我，直直地盯着我的眼睛。

“那个，我搞一下也可以啊。”

“什么？”

“铁路展示。”

“真的？”

“已经得到坂本老师的许可了。我从家里拿了些资料过来，不赶快准备的话恐怕就来不及了。”

“啊……啊，是的。”

对于突然迸发出干劲儿的吉雄，我虽然觉得有点儿奇怪，但还是为他高兴。

“喂，高桥，”佐佐木君和新井君插话进来，“找你很长时间了。我们这边做草的人手不足。”

“做草？”

见我一脸的莫名其妙，佐佐木君拿出绿色的塑胶带给我看。

“把这个撕开，做成草的样子。看，就像这样，往下拉，不就蓬松开来了吗？就是这个办法。”

他一边说着，一边很自豪地展示给我看。从中间开始被撕开的绿色塑胶带，真的像草丛一样。这个东西竟然是两个男生——而且还是班级中最有人气的两个男生——不停撕出来的，我一想到这个就忍不住笑出声来。

“喂，你笑什么啊，过来一起做啊。”

“知道了，知道了。喂，田中君，你也来帮忙吧。”

我冲吉雄说道，佐佐木君和新井君颇为困惑地对视了一眼，这一幕被我看在了眼里。

“我吗？就不要了吧。”

吉雄好似察觉到了，急忙往后面退去。但我明明记得，去年我和他两个人在文化节准备期间，放学后想留下一起帮忙，却没有人搭话，只能远远地看着大家忙碌时，吉雄的表情中流露出的期待与失望。

“来干吧，我笨手笨脚的，这种活儿可是干不好。你来一起帮帮忙吧。”

“这样啊，那好，我干。”听到我又邀请了一遍，吉雄才好不容易从嘴里挤出这句话。

佐佐木君没办法，只得说：“那么……就请田中君也来帮帮忙吧。”

于是，我们四个人就一起坐在了地板上。有我在，绝对不会让吉雄被人无视的。

我们将塑胶带裁成一定长度，然后把几根放在一起用橡皮筋捆扎，再从两端开始撕开，最后将其粘在涂成纯黑色的背景胶合板上。

我们四个人都沉默着，只是动手。吉雄的加入虽然一开始让佐佐木君和新井君有些不自在，但他们好像很快就释然了，恢复了原有的速度。慢慢地，他们的嘴巴又活跃起来，开始一边哼着歌，一边闲聊。

“高桥君，你现在是不是在想，踩在脚下的东西，用不着做得这么好吧？”

新井君这么一说，佐佐木君立即点头接话道：“嗯，看他这不满的样子，绝对是这么想的。”接着又说，“细节啊细节，高桥君，细节才是最重要的呀。”他这是在模仿太过严厉而被大家讨厌的数学老师的口吻。新井君哈哈大笑，吉雄也笑了出来。

“但是，对于谁的目光都注意不到的东西也下功夫去做，不正是我们 2 年 A 班的精神吗？”

吉雄一边撕着塑胶带，一边很自然地融入到对话中，说完了才惊觉似的看着我。

佐佐木君和新井君附和道：“对啊对啊。”“田中也很明白嘛。”算是接受了吉雄的发言。

我有些高兴。他们两个人和吉雄坐在一起制作道具到现在都相安无事，虽然一开始可能有些尴尬，但现在看来是完全可以互相接受的。这都是因为高桥真治在中间做桥梁吧。

四个人一起工作，很快就将“草”装满了五个纸板箱。之后，佐佐木君他们去用发泡棉制作枯井去了，留下我和吉雄。

“制作杂草也是很有意义的事呢。”吉雄用满足的口吻说道。

“那我们开始做铁路展示的东西吧。”

“嗯，好的。”

吉雄将放在讲台边上卷起来的模型纸拿了过来。从反方向将其铺开，放在纸板箱的上面。

“整体布局怎么搞？”

“这要根据电车照片要放到多大来定。咱们把照片放多大贴上去好呢？”

“超过墙面一半大可以吧，不然就算加了文字说明，大概也难以看清。你想，去年——”

话说到一半我急忙闭嘴。高桥真治是不可能知道去年文化节的事的。

“总而言之，文字缩到最小限度，以照片为主就行了。”

“嗯，好的，我这边好的照片确实有不少的。”

吉雄骄傲地说道。

我用尺子和铅笔画出基本线条，设计基本的布局。左半部分是照片，右半部分是说明文字。为了能让说明文字写得更整齐，我还用铅笔画上了虚线格子。

吉雄在自己的模型纸最上面写上了“夜行卧铺特急列车之鼻祖——朝风”。随后默默地确认着手里的资料，认真地将文字写了上去。吉雄的字写得相当漂亮，可以看出他细腻善良的性格。去年展示的时候，老师也表扬他：“田中君的字看上去真舒服啊。”

“刚才，你是偷跑出去调查小山君的事了吧？”

“啊？嗯……”

“有了解到什么吗？”

“嗯……就目前了解到的情况看，所有人似乎都有不在场证明。”

我简单地将昨天询问全班同学的行动，以及今天才用各种方法加以查证的事情告诉了吉雄。

“哦，这样啊。”吉雄一边沙沙地书写着，一边说。

“那会不会是凶手并不在这个班里？”

“但是……我收到了很奇怪的邮件。”

“邮件？”吉雄抬起头来，我将手机打开来给他看我收到的信息。

“‘不要再探寻小山伸夫……’是这样的啊……”

“奇怪吧？昨天我在教室里打探的事，这家伙是怎么知道的？”

“应该是这样。”

吉雄盯着画面思考了一会儿，咕哝道：“——可能照这个人说的做会比较好吧。”

“啊？”

“你想，这是个警告吧？也许真的不要深究才比较好的呢。”

吉雄直盯着我，“知道你‘真实的身份’，是知道高桥君是小山君亲戚的意思吧？”

原来如此，确实可以这么理解。

“总而言之，我觉得还是放弃比较好。”

“但是小山君他……”

“这也是为了高桥君的安全考虑啊。”

吉雄再次从正面盯着我，颇有深意地慢慢说道。

◆

我再次为了牵可可散步去了趟小山家，回去的时候已经是晚上 7 点了。今天也没能见到母亲的面，让我的心情越发沉重，叹息着回到高桥家。打开门一看，妈妈和美夏一起站在厨房里。

“啊，真治，好晚啊！”

美夏一边用毛巾擦着手，一边跑向门这边来。说起来，她昨天发来的邮件里确实说过今天要来家里玩的。我慌忙脱下鞋子进入餐室，有两个坐在沙发上的男人同时转过脸来对我说：“终于回来啦！”“好晚啊你！”

哦，这应该是多茂津和茂树。但是，他们谁是谁呢？

正在我疑惑的时候，美夏指了指戴着小帽子的一位说“多茂津”，又指了指戴着黑边眼镜的另一位说“茂树”。那个叫“茂树”的人在耳朵、眉毛，乃至鼻子上都穿了孔，戴着饰品，而另一个人则留着个莫西干头。

成兰高中这么自由啊。

“啊……原来如此，不认识我们了？”

“对不起。”

两个人看来有些扫兴。

除美夏以外，这是我第一次接触到高桥真治的朋友。虽然有点儿紧张，不过用“不记得了”“想不起来了”糊弄过去也就可以了。

“好了好了，吃饭吧！”

这三个人应该是过去就经常来家里玩儿的吧，他们一边和妈妈先聊着，一边就坐到餐桌边上。他们和高桥妈妈的关系似乎比我这个儿子还要亲密。结束了热闹的晚饭，他们三个人还帮忙整理餐桌，然后一起来到我房间里。

“我去医院探望你，还被你这家伙赶回来了呢！”一进屋子多茂津立刻开始攻击。当然是笑着攻击的。

“对不住了，但那时候我很疲倦，谁都不想见。”

“发邮件你都不回哎！”

“我手机出事故时摔坏了，直到出院为止都没用手机呢。”

“哦，是这样啊，明白了。”

“你的新手机呢？”

“唉，其实又坏了，现在用个替代品。”我从口袋里拿出蓝色的手机。

“邮件地址还有电话号码没变吧？”多茂津一边问，一边将我的手机擅自打开了。

“啊？狗。”我设定的待机画面是可可的照片，之前去小山家的时候拍的。

“以前打开手机就是我的照片呢。”美夏嘟起嘴来。

哦，是这样啊。是有了女朋友的话，就应该将待机画面设为女朋友的照片吗？

“咦，这个音乐文件夹里面居然什么都没有。”

“真的哎。”

多茂津和茂树把好多个文件夹都打开来看。

“嗯，看来是只存储了邮件地址簿。”

“这么说，所有下载过的歌曲，都和以前那台手机一起报销了？”

“真可惜啊！”

“这么说，我们之前在录音棚里录的新曲子也完了？唉呀呀！”

“新曲子？”我试探着问道。

“我们的乐队——‘Midnight Blue’的曲子啊。果然连这个也忘了。”

“嗯……”

“乐队的名字还是你取的呢，说是你喜欢的颜色来着。看这个——”

多茂津四下指着屋中各处，壁橱里面的吉他、床单、地毯、坏了的手机……所有这些都是深蓝色的。

“听一下可能会想起来哦。”

多茂津从壁橱里拿出吉他，边弹边唱了起来。

不知怎么，我竟然觉得有点儿印象。可能是在电视或是广播中听到过。

“这曲子挺有名的吗？”

“这是我们的原创歌曲啦。”

“但我好像听到过……”

“那个是当然的了，就是你作的曲子，还负责演唱。”多茂津满意地点着头。

“果然就算是记忆丧失了，音乐意识却不会从脑子里消失。”

不，不是这样。我原本就没有高桥真治的记忆。一定只是和我听到过的曲子很相似而已，但是他们却很高兴。我也就附和他们的心情，保持沉默。

茂树从衬衫口袋里取出香烟盒。自己拿出一根之后，理所当然一般将香烟盒递到我面前。

“啊，给我吗？香烟？可是我……”

我慌了神，急忙推回去。多茂津和茂树都呆住了。

“哎，你不吸？”

“这个……我们不还未成年嘛——”[①]

两个人愣了一下，随即爆发出一阵大笑。

“我们……未成年，哈哈哈，要笑死我们吗？”两个人都抱着肚子继续笑。

“原来记忆丧失可以让人变到这种程度啊。”终于停下大笑之后，多茂津有些寂寞地皱起穿着孔的眉毛。

“我是挺高兴的。真治以前吸烟的时候，真的是很让人讨厌呢。你们也不要再在这个房间里面吸烟了。”美夏说着，从茂树手上抢走了香烟。

原来如此。尽管家人和美夏没有明说，不过高桥真治对自己称呼大概是不会用谦辞“我”的。他肯定会吸烟，也许还会喝酒，

---

① 此处原文使用的自称词是“僕たち”，即自谦口气的“我们”。日语中第一人称“我”有几个对应的词，写作“私”“僕”“俺”，分别用于一般性的自称、男性的自谦性自称、男性的较粗俗随意自称。

又搞乐队，真是越来越体现出是与我正相反的人。

“我在成兰高校的时候是什么样子的啊？”

“哇，又听到了，真治说‘我’！”茂树摸着自己的莫西干头说，“还真不习惯啊，不舒服。”

“还真是，明明以前老说粗口的。”

貌似高桥真治以往说话相当不礼貌。

“但真治以前还是很受欢迎的哦。”美夏微笑着说。

“对对，真是谁都喜欢啊。因为人非常好，外表好，性格好，成绩也好……哎，果然还是讨厌啊。”

大家都笑了。

“可不是一点点儿哦，是真的很受欢迎啊！”

“绝对是啊，但是一直只喜欢小美夏啊。”

“确实是啊。不过也正因为这一点，反倒还增加了不少女性粉丝呢。”

“都是些狂热粉丝啊。说起来，还有搞跟踪的。”

“对啊，是有呢。”

“啊，跟踪者？”

这绝对是与小山伸夫绝缘的事情。原来受欢迎的男生还要担心这种事啊。

“嗯，不记得了吗？”

“不记得了哦。”我确实从来不知道嘛。

“以前你说过，有一段时间那家伙总在你去的地方埋伏着。”

“那真是过分哪。”

“那后来怎么样了？”

“不清楚。因为不是一个学校的，好像是演唱会的观众吧。”

“说起演唱会吧，下个月搞个圣诞演唱会怎么样？同时也作为真治的复出活动。”

多茂津将抱着的吉他递给我。

“这个……可是我已经想不起来怎么弹吉他了。”我没有接受，直接将吉他推回给了多茂津。

“什么？！”三个人一起高声惊叫起来。

“真的假的？那我们的乐队怎么办啊？”茂树拼命挠着自己的莫西干头。

“抱歉……我，我想我是不能参加了。”

“来唱歌怎么样？”

我慌忙摇头。让我在众人面前唱歌，这绝对办不到。

“啊，怎么这样……”

“真治不来的话，女观众也都不会来啊。”

美夏抚慰着抱头苦恼的两个人道：“你们也别为难真治啦，他也很痛苦的。”

“我们也明白啊，但是……唉！”

“以前那么会弹吉他的人……真是太可惜了！”

两个人表现得那么失望，看来真治以前确实是非常会弹吉他的。同时，他应该也是一个非常不错的人。美夏、多茂津，还有茂树，都是很直率、随性、善良的人。他的身边都是这样的人啊。高桥真治果然如这三个人所说，并非只是外表绝佳，性格也是很有男子气概呢。

他原本是与我完全无缘的、另一个辉煌世界里的人。受命运的捉弄，如今我跑到这个世界里来了，再一次深深体会到造化弄人。

“咦，这是什么？”茂树拿起放在床旁边的时刻表和铁路杂志看。

“这是……什么啊，不是时刻表和铁路杂志吗？”

“天哪，真治，你什么时候变成‘铁路宅’了？”美夏大为惊讶。

“‘铁路宅’不是那些性格阴暗的家伙吗？”多茂津随口说了一句。茂树把黑边眼镜推了推，很认真地向我提问道：“抱歉，我是真的不能理解你干吗花钱买这样的杂志。这有什么好的吗？”

“嗯，这个……卧铺列车——这其中用蒸汽火车头牵引的蓝色涂装卧铺蓝火车系列特辑——就是这个。这一次东高的文化节上要展示……”

我一说起卧铺列车的魅力，语调也跟着高昂起来。朝风号啊、隼号啊，还有在列车上寝食的魅力，以及好似用夜色将人包裹的青 15 号列车给予我的感动。

等到我回过神儿来，只见这三个人都看着我发呆。于是我连忙住了口，脸瞬间红到耳朵根上。

“没想到真治会这么热情地谈论除了吉他和音乐以外的事情。”多茂津一边摸着自己的耳环，一边说。

“那为什么是铁路呢？嗯，嗯，这个就是蓝火车是吧？”茂树一边翻着杂志，一边问，然后好似突然醒悟了似的抬起头来冲我道:“我明白了！和以前的你有共通点！”

“哎，是什么？”美夏和茂树都急切问他。

“就是颜色！”

“颜色？”

“对，喜欢的颜色没变。你看这个，也是深夜蓝色的啊。”

“啊，真的！”美夏温柔地笑起来。

“是真治喜欢的颜色呢。”

严格来说，我用的是青 15 号，墨水蓝。这种有深度的蓝色尽管看上去与深夜蓝很相似，却并不是一种颜色。但不管怎么说，被深夜包裹的感觉与我的感性很相符。

“确实，这是深夜蓝色。”

高桥真治和小山伸夫之间，唯一的共通点。

“可是，为什么一个搞乐队的人会突然变成‘铁路宅’呢？”多茂津歪着头不解道。

茂树开口道：“会不会是事故的冲击，别人钻到他的身体里去了！”

多茂津呆道：“那种事？不可能的吧！”

我全身都僵住了。

“哎，但是我在电影里面见过啊！”兴奋的茂树接着这么说，容易赞同别人的多茂津于是也点头道：“不管怎样，这么假定也是蛮有趣的。”

“我说你们，不要拿真治现在这个状况来开玩笑好吧。”美夏很不满地说他们，然后，突然好似想起什么，说道：“啊，不过说起来……是好像变得不喜欢吃韭菜豆芽炒猪肝了呢。”

并没顾及我表情的茂树继续说道：“真的？哇，真是像进入了科幻世界一样呢。”

“原来就是因为这个才丧失记忆的！只要说是记忆丧失，就什么都是可能的了！”三个人恍然大悟，欢欣鼓舞。

——求你们不要闹了。

“哎，这么说，和我亲热的人就不是真治了？”

“哦，真是超自然呢！”

——别说了。

“哎，等一下，如果是被人替换了身体，那么那个人是——”

“咚！”

我用力一拳打在地板上，茂树立刻闭上了嘴巴，一脸抱歉地看着我。

是的，能够替换进入这个身体的人只有一个，而那个人已经不在这世界上了……

“你们别瞎说了，什么身体替换的，那次事故中有一个人死了啊。”

沉默片刻之后，茂树小声道：“抱歉！”

“我们太兴奋了。”多茂津也轻声说了一句。

“太不在意你的感受了，真是对不起。”美夏流着泪道。

我打在地板上的拳头仍然在颤抖。

我其实是明白的。我其实不是生这三个人的气。

——我是生自己的气。

因为我这样幸存下来，高桥真治代替我死去了。直至今日，我都在强迫自己尽量不去想这件事。

但是，这就是现实。

高桥真治，代替小山伸夫，死去了——

“对不起，请让我一个人静静。”

谁都没有说什么。多茂津和茂树起身把吉他放回到壁橱里，美夏趁两个人没看到的功夫，悄悄在我脸上亲了一下，说了句“原谅我吧”，便出去了。

剩下自己一个人，我环顾着这个房间。

是的，我幸存下来，得到了名为高桥真治的肉体，在满怀关爱的双亲的照顾下一边快活地过日子，一边还在寻找着制造这起事件的凶手。而这一切都是以高桥真治的牺牲为代价的。虽然我一开始就明白这些，但是我以寻找凶手为大义借口，却并没有思考，甚至不敢面对，高桥真治是以怎样的心情死去的呢？他有没有察觉到自己的身体正在被一个叫小山伸夫的人所占据？

不——我的身体那时是急速奔向死亡的。

他一定还没来得及察觉就死了。

被牺牲的并不仅仅是高桥真治，如果高桥家的爸妈知道在这里的并非他们真正的儿子，而是某个叫小山伸夫的完全不认识的人……其悲伤恐怕是难以想象的。

我是有意识地欺骗了高桥家的爸爸和妈妈。

以多么巨大的悲伤和牺牲为代价，才有如今在这里的我——

我再一次感受到这沉重的现实，心痛如绞，泪水涌出眼眶。

而就在这个时候，新邮件的铃声响起。

是美夏吧。

我透过泪水看到手机屏幕。

“为什么无视警告？你再敢深究下去，别怪我不客气！”

我倒吸了一口凉气。

我被监视着。“真相知晓者”今天就在学校里监视着我的一举一动——

我仿佛被冰冷的雾包裹，全身发抖。

6

文化节的前一天。

明天不上课，整天都进行准备活动，今天放学以后就可以开始改造教室的工作了。大家都兴奋不已，一个个跃跃欲试。

班会之后，立刻将桌子、椅子搬出去，暂时挪到资料准备室中。在手忙脚乱搬桌椅的过程中，我看到架台上的花瓶摇摇晃晃。我装作随意的样子走过去，捧起花瓶，考虑是不是要和桌子一起都送到资料室去，但最后决定把它放到教室外面的窗台上去。

在这个正在变为鬼怪屋的教室中，无论将花瓶放在哪里都有被摔碎的风险。但是，我非常想让“小山伸夫”也参加2年A班的班级活动。因此，我把花瓶放在了窗台的一角，并用砖头将其包围起来，这样它就不会轻易倒下了。就放在那里吧。

教室被完全清空之后，首先是用纸板将窗玻璃封起来，包括面向走廊的窗户也要封起来。封完之后，用黑色幕布替换普通的窗帘。这样，暗室就布置完成了。

有了暗室以后，再在这里搭建各种通道。背景组开始在屏风上张贴涂黑的胶合板，然后高低错落地排列拼合之后就出现了简易的通道。屏风和胶合板都挺沉的，这对于负责布置的同学来说是很繁重的劳动。所以做通道就花了很多时间。

通道搭好后，再把事先做好的假草——对，就是那天佐佐木君、新井君、吉雄和我一起做的那些——贴在通道的地面上。这样就把原来教室的地面遮住，同时制造出在野外探险的感觉。然后，再在各个重要的地方放上发泡棉制作的枯井、断头台、鬼头、墓碑、幽灵等等。周围就越来越显得有气氛了。

佐佐木君突然从背后用摔跤锁喉的动作抱过来。

“怎么了吗，你？”

虽说关系很好，但佐佐木君似乎还是对我的样子有些在意。

“啊……没什么了。”

但实际上我正在思考着许多事情。同学们的不在场证明、真相知晓者、昨天的邮件……

“刚一转学过来就碰上文化节，会觉得这里太过吵闹了吧？”

“嗯，说起来还真是有点儿。不过，这也刚好证明大家的关系都很好啊。”

“这倒也是啊。你已经很融入了吧？第一天开始做准备的时候，你就和所有人都搭话了吧？真是厉害啊。”

我心中一惊。

我是想要不引人注意地实施行动的，但还是被人看到了。正在犹豫怎么回答的时候，有人拍了拍我的肩膀。

“高桥君，”吉雄抱着白色的展布站在旁边，“得去布置展览了。”

我打开展布一看，上面贴着朝风号与隼号等列车的照片与文字概要的模板纸。看到这个，佐佐木君吹了下口哨。

“厉害，这是你们做的？”

“是的。”

“听说学校里新设立了铁路研究部，知道不？”

“哎，有那回事吗？”吉雄很惊讶。

“嗯，知道高桥喜欢铁路的女生，都争着要进铁路研究部呢。”

“啊，这样……如果能有铁路研究部的话就太开心了。”

“但老实讲，铁路有什么有趣的我是不明白的，看着不都一样吗。”

佐佐木君从吉雄手中取过朝风号的展布，很新奇地欣赏着。

“都是完全不一样的啊。比如说这个，是 NAHANEFU22-1 型。”吉雄不服气地反驳。

“哎，什么是‘NAHA’？这火车头上不是写着‘朝风’吗？”佐佐木君觉得莫名其妙。

“朝风号是所有这个系列的总称，但实际上其中还分为许多车种。比如说这个部分是 NAHANEFU22-1 型的，在 1964 年至 1970 年之间制造。‘NA’代表 2.75 吨以上 3.75 吨以下，‘HA’代表是普通列车，‘NE’代表是卧铺列车，‘FU’是慢急车的意思。在这四个英文词里面就包含了很多的信息，不觉得这是一种高超的美学吗？”

平常闷声不响的吉雄一口气说了这么多。佐佐木君一时被他的专业气势压倒，然后瞬间哈哈大笑起来：“哈哈哈，真是服了。想不到田中君这么有趣！”

——突然，带有摇滚乐调子的手机铃声响起来。佐佐木君慌忙将朝风号的展布推还给吉雄。

“对不起，来电话了。”他摸索着口袋，将智能手机掏出来，同时快速朝走廊那边跑去了。

这个手机铃声的曲子……

我的身体突然好似被重击了一下，完全僵硬得动弹不得了，茫然看着佐佐木君消失的方向。东高的校规规定，在学校里的时候要关闭手机电源。平常大家基本都不会老老实实地关闭手机，而是偷偷地在使用。但进入文化节准备期间就基本不遵守这校规了。所以直到现在，我才第一次听到佐佐木君的手机铃声。

“高桥君，你怎么啦？必须得去布置展览了。”吉雄惊讶地盯着我看。

“啊？嗯。”

我和吉雄一同走出教室，走过在走廊里面偷偷摸摸对手机说着话的佐佐木君身边，前往展示的会场。

那个铃声的曲子，死亡的高潮短曲……

很相似，确实就是那样的感觉……

进入展示会场，在确认除了我和吉雄之外没有别人后，我将门关上。吉雄马上开始在展示壁板上用双面胶粘贴展布。

“……可能是佐佐木君。”我颤抖着小声告诉他。

“你说什么？”吉雄停下手，转头看向我。

“就是那个凶手。”

“佐佐木君？为什么？”吉雄的目光动摇着，感觉很疑惑。

“那天晚上……我听到有音乐声。”

“音乐？”

“小山君被推下去的瞬间，我听到有音乐的声音。当时还觉得挺不可思议的……刚才佐佐木君的手机响了，那就是凶手手机的铃声！”

“啊，这样啊，”与兴奋的我相反，吉雄面无表情，显得很淡定，“那么，就算你听到的就是手机铃声吧，但相似的曲子一定有很多吧。”

“但是，我那时听到的也是很棒的吉他声。而且不知怎的，那旋律有点儿像游戏音乐。”

“但佐佐木君为什么要对小山君下手呢？”

“那我怎么知道呢，我也很难相信啊。但是不管怎么说，佐佐木君都很可疑吧？”

看着越说越兴奋的我，吉雄移开了视线。

“其实佐佐木君那个手机铃声吧，我也用。”

“啊？”

“那是上计算机课的时候，使用音乐编辑软件制作出来的。我和佐佐木君是一起上的那节课，也就都使用学校的电脑制作了手机铃声。”

“是，是这样子啊。”

细想起来好像是这样的。我们班同学制作的是有广告风格的音乐，其他班做的是什么样的我也没有注意过。

“凡是一起去上课的都有这个铃声。新井君，还有城崎同学。”

“——这样啊。”

我刚才以为找到凶手的兴奋感立刻消失了。对于不能确定佐佐木君为凶手，自己既有点儿安心，又有点儿失望，心情始终起伏难平。

“嗯，其实我对于高桥君你知道凶手的手机铃声这件事，觉得相当奇怪。”

吉雄虽然口气很客气，但是却投来很尖锐的目光。

“哎，我不是和你说明过吗，我那个时候正要翻越那个栅栏……”

“栅栏到悬崖还有相当一段的距离。从那个地方能不能听到手机铃声啊？”吉雄继续紧盯住我的脸，“而且那个地方风声是很大的，还有海浪声。从那个距离想仔细听清楚是不可能的。”

“啊，可是……”

吉雄犹豫着，咬着嘴唇低下头。似乎是下定了什么决心，他过了一会儿又再次抬起头来。

“老实讲吧，我不知道是不是应该完全信任高桥君。”

“啊？”

“就算那个时候确实有手机铃声。但你是不可能听到的。如果你听到的话……说明高桥君自己就是凶手。”

“啊？但是……”

“高桥君这样突然指出佐佐木君是凶手，给我的感觉就是想要嫁祸于人。”

“不是的！只是我——”

“你还说你是小山君的亲戚，也是在说谎吧？”

这下我没话了。

“我最近去见过小山君家伯母。我顺便问了下，但她回答我说根本不认识姓高桥的亲戚。”

“……”

“你还带着可可去散步了吧？为什么这么干？你到底有什么目的？”

“啊……其实……”

被吉雄严厉的目光瞪着，我实在是说不出什么了。

“抱歉，我没法相信高桥君。我不想跟你再有什么牵连。”吉雄直盯着我，留下这句话，随后便转身离去了。

剩下我一个人站在原地，呆若木鸡。

◆

傍晚，我一个人走出校门，内心一片混乱。

吉雄离开之后，我再次去见了足球部的经理。想确认佐佐木君和新井君那天晚上确实去参加社团活动了。心中仍然挂念那个手机铃声，想确认一下是否不只是佐佐木君一个人在用，新井君或其他人也同样在使用。

“嗯，确实是的。”

经理是一年级的女孩子，她翻着活动日志很自信地回答我。昨天我询问她的时候，她还吐着舌头说：“我就是为了佐佐木前辈才加入足球部的呢。”

“那天因为是地区选拔大赛之前，所以肯定是全员都参加的。主要项目是拉伸运动、野外长跑、带球、传球、射门和位置练习。”

“这样啊，谢谢了。”

我对她微笑，梳着马尾辫的经理满脸通红。果然应该和那两个人是没关系的……我松了一口气，正想回去，突然想起件事。

“你说有野外长跑的项目？”

“是，有的。”经理再一次翻开日志。

“跑的是什么路线呢？”

“那天应该是A路线，大致是跑到鸣海神社然后折返回来。”

“鸣海神社？”我的思考突然停止了，“鸣海神社，是在三浦海食崖附近吧？”

“嗯？啊，好像是吧。”

“——明白了，多谢。”

终于结束了调查走出活动室，回家。

头脑中无数念头交错着。

如果在跑步过程中，偷偷从队列里面出来，将我从悬崖推下去然后再回去，装作没事人一样插回跑步队列里面去，这可能办到吗?

佐佐木君或者新井君之一是“真相知晓者”吗？他们接近我的目的可能是为了探查我的动向。这样一想就都合上了。

这些再好好地和吉雄说一次吧。我这么想着，便向吉雄家走去。不只是手机铃声的怀疑，不在场证明也可以被推翻，如果向吉雄说明的话，他一定会再次赞同我的。

我在门前写着“田中”的家门口按下门铃。门打开，吉雄的母亲出来了。她是个胖胖的、和蔼可亲的阿姨，我还是小山伸夫的时候来这玩儿，她待我总是很好的。

“请问，吉雄君回来了吗？”

“他去打工了……请问，你是他学校里的朋友吗？”

几乎没朋友的儿子，突然有友人来访，她自然是很高兴，满面都是笑容。

“吉雄的朋友来玩儿真是很久没有的事了。太好了，请你进来等吧。”

“啊，不用了。”我急忙摆手，“没事的，我等会儿再过来好了。”

离开吉雄家，我不知该往哪里去。没心情回家，于是就去了公园，在草地上躺下来。平常听来让人心情愉快的喷泉水声，现在却让我心情烦躁。闭上眼睛，无数念头在脑中纠结。

我到底在干什么啊？

我为什么存在于世呢？

为什么那时候没有死去呢？

与其这么痛苦地活着，不如那时候——

突然，我感觉到身旁有人。睁开眼一看，是丸山同学正担心地脸朝下看着我。

“啊……丸山同学……”

“对不起，吵醒你了。我只是偶然经过。”

丸山同学慌忙地想转身离去。

我不假思索地喊道：“等一下！”接着说，“请你等一下……可以的话，能不能陪我坐一下。”

我慢慢地抬起身来，拍了拍自己旁边的地面。我感觉自己再一个人待下去的话就越来越没精神了。所以这个时候就特别想和其他人在一起。

“嗯……”丸山同学一边注意着不要压到小花，一边慢慢地在草地上坐下。

“你没什么精神呢。”

“嗯，确实是。”

“发生什么事了吗？”

“怎么说呢，”我叹了口气，不知不觉吐露了心声，“我的存在到底算什么呢？”

“啊？”丸山同学在眼镜后面以奇怪的目光注视着我。

“我原本是应该消失的人。也不知道是不是恶作剧，就活了下来。但这是不自然的，我想如果自己不存在的话，也许大家才能幸福。但是我现在这个样子，给很多人带去了无尽的苦恼，这样活着到底有什么意思。”

向根本不知道什么情况的丸山同学说这样的话，只会让她困惑而已吧。

我不停地说，丸山同学在旁静静地听着。她的脚踝相叠，校服裙所包裹的膝盖以双臂环绕，口中“嗯、嗯”地附和着我。

我说完后，相对沉默了一会儿。耳边传来喷泉水落下的声音，以及风摇动花草所发出的优美的声音，填补着我们沉默的空间。

“我能不能说说我的事情？”丸山同学似乎下了很大决心般开口道，“其实我……认真地考虑过自杀的。”

“啊？”我不禁叹出一声。

“这话我从来没对任何人说过。其实我没有双亲。曾经和母亲一起生活，但她死后我便被过继给远方的亲戚，他们是为了拿到遗族保险金。但是那个亲戚喜欢赌博，很快就把钱花光了。”

丸山同学以淡然的口吻讲述着，但却在我心中唤起无限悲伤。明明从一年级开始就是同班同学，但是根本不知道这些事。不——是从来没想去知道。

“家庭就那样彻底完了，学校你也知道的没我待的地方。”丸山同学以自嘲的态度“哼哼”冷笑了两声。

“因此，有天晚上我认真地想到要去死，就一直在街头徘徊。”好似想起那一夜的事情，丸山同学的目光投向远方。

“但是那天晚上，我和一个人相遇了。他叫我懂得了人生的道理，因此才能够放弃自杀的念头，并且至今依然觉得那是个好选择。”

丸山同学移到我正对面，道：“你说自我存在是建立在牺牲他人的基础上，其实每个人不都是那样吗？但是很少有人会察觉的其中的宝贵。不过高桥君你察觉到了，这就非常了不起了。仅仅如此，就有生存下去的价值了。因此，请相信你自己，我希望高桥君活下去。嗯……有美好生活的权利。”

滔滔不绝地说出这番话的丸山同学，表情极为吸引人。夕阳与水面反射的光线将她的面庞映照成金色。

平常那么安静，真没想到她有这么强大的一面，令我吃惊不小。虽然我曾经有心要去保护她，但实际上她在精神上要比我强大得多。

实在令人汗颜，同时又倍觉感动。她向我说的话并非随口说说，而是她通过自己的人生所感悟到的。她面对面地将这一切直诉于我，拼尽全力劝我活下去的真挚情感，令我心中沸腾。

看我到忍住即将要溢出的泪水沉默着，丸山同学猛然停下来。

“抱歉，我一个人说个不停。”

“不，我很高兴，谢谢你。”

“我这样的人，应该是没资格说这样的大道理的。”

“完全不是啊。”

“高桥君，”丸山同学半闭眼道，“——对不起。”

“别说对不起啊，我真的很高兴。”

“我不是这意思——我是想对你道歉。”

“为什么要道歉？”

“我回去了。”丸山同学没有回答，而是急急地站了起来。

“哎，请等一下。”

我想伸手去挽留她，但被她甩开了。然后，她便跑走了。在她肩膀上摇晃的两根辫子、瘦小的脊背、翻起的裙摆、细到让人担心的小腿。

我的目光一直追随着丸山同学的背影，直至她从我的视野中完全消失。

晚上，我回到家躺在床上，丸山同学的话语仍然盘旋在脑海中无法散去。

就是这样，我不能停滞不前。佐佐木君和新井君的不在场证明有问题的话，一定要深入调查。虽然吉雄将怀疑目光转向我，令我很难接受，但明天一定要和他好好谈谈，解除误解。在此基础上，让他帮忙调查佐佐木君和新井君。

睡意袭来，我打开手机看邮件。

“为什么无视警告？你再敢深究下去，别怪我不客气！”

昨天“真相知晓者”发来的邮件直刺在我已经习惯黑暗的眼中。

这家伙对于我每天在学校里的行动完全掌握。真的是佐佐木君或者是新井君吗？如果是的话，那么各项信息是最吻合的。但是，现在就下论断是不是太武断了？很可能会错过真正的凶手。

越是接近凶手的时候，越是要不骄不躁，保持冷静向前进。

一切都要从确认佐佐木君和新井君那天的行动开始。

我盯住手机屏幕上那让人不舒服的文字看了好一会儿。

◆

文化节明天就要开始了。学校里到处弥漫着节日的气氛。在校园的喧嚣声中，各种店铺开始被搭建起来。

课间，我利用从足球部女经理那里打听到的情报，前往二年D班探访与佐佐木君和新井君关系要好的足球队员。D班所举办的活动是和风饮茶店，窗玻璃用和纸和木框装饰成日本式纸窗，教室中放置的红伞下面是用红布包裹的板凳。

“请问林君在吗？”

我在教室门口询问一位女生，她帮我将一个体形魁梧的男生叫了过来。

“你是林君？足球部的是吧？”

他略带惊讶地扬扬眉毛回答：“我是。”

“我是想问下佐佐木君和新井君的事情。”

听到这两人名字，他的警戒心放松下来，道：“啊，原来是队长和副队长。”

“你们之前去野外长跑的时候，他们两个人有没有曾经离开过队伍？”

“嗯，离开过啊。”林君不假思索地回答道。

我心中一震:“离开过?”

“是去便利店，给队员们买果汁。”

“那你还记得不记得开学典礼那天的情况?我听说那天你们跑的是A路线。”

“哎，那天啊?”林君开始回忆。

“是的，听说A路线是通往三浦海食崖的，记得吧?在那里两个人中有没有谁中途离开过?”

“啊，想起来了，那天是有离开。”

“真的，两个人一起离开的?”

“不是，只有队长。但是他空着手回来的。本来说新学期第一次训练，要给大家买冰激凌吃的，结果说是忘带钱包了。所以我现在还记得。”

“是这样啊。好，谢谢你。”

佐佐木君在我心里正急速向着最大嫌疑人的方向接近，我颇为激动，转身离开了D班的教室。虽然内心强烈企盼着佐佐木君不是凶手，但是手上已经有了重大线索，这不可否认。

我急忙回到A班教室，寻找吉雄的身影。教室中已经用暗幕分出了各个区域，很难从中找到人。我在这鬼怪屋的迷宫里瞎转了半天，突然有人抓住了我的肩膀。

“喂，你干吗在这儿转圈子呀?”

是佐佐木君。

虽然教室天花板上的灯都亮着，但灯管已被用红色或黑色的贴纸给盖住了，所以在这种光线下，佐佐木君脸上的光影看着很不寻常，感觉与平常阳光的他并不是一个人。

“啊……我在找田中。”

“田中？那家伙今天请假了。”

“——休息？”

“负责接待的那个小组成员为了确认明天值班表还专门找过田中，但是没找到，然后就有消息传来说他今天请假了。”

田中今天没来，难道是为了躲开我吗？

“说起来，高桥君刚才你和D班的林谈过话吧？”

我心中一惊，被看到了？

“你和他认识吗？”

佐佐木君又靠近一步问道。我拿眼角瞥了瞥四周，由于暗幕阻隔，除了我和佐佐木君以外看不见有其他人。

“啊，也不是，就是偶尔说说话。”

我一边退后了一步，一边答道。

“哦，是这样……”

佐佐木君又逼近我一步，沉默着，直盯着我的脸。

“啊，佐佐木君，你在这里啊。还需要追加暗幕，快点儿从仓库拿过来呗！”

城崎同学突然从暗影中冒出头来。虽然我并没有真的遭遇到什么事，但依然感觉是被拯救了，两腿都有些发软了。

“哦，不好意思，我马上去拿。”佐佐木君抽身从我身边离去，留下一句话说：“你还穿了耳孔啊，我都不知道呢。”

佐佐木君走开了，我终于松了口气。是不是我太多虑了？但是刚才的佐佐木君非常古怪。还是一切小心为好。我的心脏仍然在乱跳。

对了，吉雄。

我慌忙走出鬼怪屋教室，向坂本老师申请早退，然后跑向吉雄家。

我跑到吉雄家按了门铃，但是无人应答。

“田中君！”

我隔着门向内呼喊，但仍然没有反应。真的是不在吗？会不会是感冒去医院了？我这么想着的时候，二楼的窗帘掀开一条缝，随即又慌忙合上了。是吉雄的房间。

“是我啊！拜托你开下门，我有话要说！”

我朝着二楼窗户拼命地呼喊，但是没有一丝有人出来的动静。

向学校请了假，蹲在自家里是为了躲开我吗？

就这样被吉雄怀疑、失去了他的信赖，对我来说是惨重的打击。我想用尽所有办法去解开他的误解，佐佐木君的事我也想告诉他。

但是如今没有任何办法。我叹了口气，暂时先离开了田中家。等到吉雄的母亲下班回来的傍晚，我再来一次吧。

“我等会儿再过来！”我朝着窗户喊道。

但是窗帘纹丝不动。

回到家，妈妈带着惊讶的表情出来相迎。

“小真，这是怎么了啊？”

“感觉有点儿不舒服就早退了。”

“啊，没事吧？”妈妈并不知道我是在装病，所以担心地看着我的脸，还用手背放在我额头上试了试。但我又一次条件反射般躲开了她的手。妈妈敏感地察觉到了，再次露出痛苦的表情。

“没事的，我去睡一下。”我连忙跑回自己房间去，脱下制服横躺在床上。过了一会儿传来敲门声，妈妈捧着放有汤碗的托盘走了进来。

“我给你煲了汤，喝一点儿吧，就当是吃药。”

托盘上的汤碗中散发出浓烈的香味。我的肚子叫了起来，看了看挂钟，也是到了吃午饭的时候。但是我此时并不希望她来关心我。

“放在那儿吧。”

我有气无力地这么说道，妈妈观察了一下我的神色，便在小桌上面放下汤碗和汤勺。

“其实我今天是和朋友约好去看演唱会的，但是取消吧，还是担心你。”

“啊？不必啊，我并没有发烧。”

“但是我很担心小真有什么事啊。”

妈妈现在这样子担心，却不知道她的真治早就不在世了。如果知道眼前的这个人其实正是导致她儿子遭遇无妄之灾的那个人，这个可怜的女人又该做何感想……总之，我没有任何理由接受她的照顾，而且如今这样的状况反而会让我更加不舒服。

“没事的，你去吧。”

“那好吧，不过反正要到晚上再去，那么我先去把晚饭做好。”

“好的。”

“好好休息哦，有什么事就叫我。我出去之前都在下面。”

妈妈说完后走出屋子。她走了之后我便起来开始喝汤。肚子里感觉舒服了。随即又躺倒在床上。

如果杀死我的人就是佐佐木君，那他到底是出于什么理由呢？以前几乎没说过话，他又是班里最受欢迎的人。这样的人必须要将小山伸夫从悬崖推下去的理由是什么呢?

如果佐佐木君就是凶手的话，那么“真相知晓者”难道也是他？然后就可以推导出其实他早已经看穿我就是小山伸夫了？可是，这怎么可能？！

在思考的过程中，由于这几天以来一直受“真相知晓者”的邮件的影响，严重睡眠不足，我不知不觉就陷入了睡眠之中。

大门打开的声音把我惊醒。已经过了黄昏，我到楼下一看妈妈已不在了，应该是刚刚出去了吧。桌子上留下张字条，写着：“我出去了。晚饭在冰箱里，微波炉转一下。保重身体。妈妈留。”

这时，门铃按响了。我想着是不是妈妈忘了什么东西，从窗户看出去，却看到美夏站在那里。

“我和她有约好吗？”我有些奇怪地去开门。

“那个，总觉得上次有点儿过意不去……真对不起。”她以认真的表情来向我道歉。

“没事没事，我已经不在意了。”

她露出安心的表情，走了进来。

“我正巧碰到你妈出去，说你今天身体不大好。”

“刚才睡了一觉，现在没事了。”

摆放在门口的镜子中映出我和美夏两个人的身影，看得我心中突然冒出好似旁观者的念头，觉得这两个人真是一对般配的恋人啊。

我从冰箱里拿了些果汁易拉罐，和美夏一起回到了二楼的房间里去。美夏熟练地打开收录机，开始播放音乐。我打开果汁坐在床上喝着。她来到我旁边坐下，接着便依偎到我身上来。

我一下子就开始全身发热。快节奏的音乐让氛围越来越高涨起来。

美夏将嘴唇靠近过来。虽然自己在那一瞬间迷惑得不知该怎么办，但我还是闭起眼睛，接受了美夏的嘴唇。易拉罐从手中滑落，果汁流淌在地板上，房间中马上充满了香甜的味道。

一瞬间我的头脑中被电击了一般，所有其他事情都消失了。啊，一切都无所谓了。

被杀死也好，替换进入高桥真治的身体也好，寻找凶手的事情也好，全都从脑子里踢飞了出去。我就这样幸福地生活下去吧。上天赐予的好面容，优越温暖的家庭，漂亮的女朋友，这样的人生还有什么好不满足的？小山伸夫那可怜的人生，扔掉不就行了嘛。

就这样接受高桥真治的人生吧——

就在我的意识将要陷入一片空白、美夏的手已经伸向我牛仔裤的瞬间，我听到楼下大门被打开的声音。

我一下子回过神儿来，美夏也慌忙离开了我的身体。

我从床上跳起来跑出房间，从楼梯口向下张望，看到妈妈站在门那里。

“哎，妈你已经回来了？”我装作平静地向楼下问道。

“我忘了带音乐会的门票了，急忙跑回来拿。”

“我拿给你吧。”

“哦，不用了，美夏来看望你了吧？刚才我还碰到她了。”

“没事的。”

“那好吧，在妈妈房间的梳妆台上。”

“好的。”

我一边抑制着还在激烈跳动的心脏，一边走到妈妈的房间里去，将梳妆台上的门票拿在手里。走到楼下去时，妈妈正站在脱鞋毯上。不知怎的，我突然感觉到有点儿慌、有点儿害羞，没法直视她的脸。

“小真可是帮了大忙了。因为好不容易这次穿了皮靴，要脱下来还挺麻烦的。谢谢，那么我去了哦。”

妈妈从我手上接过票，便又匆匆忙忙地从大门出去了。

我终于缓过气来。

走上二楼，回到自己的房间。美夏仍旧坐在床上，有些害羞地抬头看向我。

“伯母走了？”

“是。”

“那么我们继续？”

美夏拍拍自己身边的床。我坐下去，美夏再次将嘴唇靠过来。

“哎，等一下！”我挡住她的嘴，美夏吃了一惊。

“怎么了？”

“啊，那个……”刚刚见到妈妈，让我冷静了下来。胸中涌起一股惭愧之情，真想把刚才的自己给打翻。

我就那样输给了诱惑，放弃了追寻凶手，想就这样接受高桥真治的身份活下去……这是不行的。我是以高桥真治的牺牲为代价才复活过来的。欺骗了所有人延续自己的生命，强迫许多人做出了牺牲，到头来都是为了什么呢？

“哎，你的脸色好差啊。”

美夏伸手过来，但是我挡住了。

“真治，感觉还是不好吗？”

她露出担心的表情。和妈妈一样，是那种从心底里爱着我的表情。但是她们所担心、所爱的人，其实都不是我——而是已经不在这个世界上的高桥真治。

“对不起，能不能请你回去？”

“啊？”

美夏的表情瞬间转为悲伤。

“怎么了嘛，真治？”

美夏漂亮的眼睛看着我，但是她所看到的并非真实的我。大家所渴求的是高桥真治。那么小山伸夫该去哪儿呢？我如果甘心以高桥真治的身份活下去，那么他的存在不就等同于消灭了吗？

“请让我一个人待着。”

“你是已经不喜欢我了吗？”

“并不是那样，但我现在不能与你在一起。”

因为我不是高桥真治，我是小山伸夫。

我默默站起来，打开房门。察觉到我的意思，美夏的眼眶中立刻流出了眼泪。她抓起背包站起来，走到我身边怒吼了一句：“笨蛋！”随即重重一巴掌扇在我脸上，跑了出去。

我听到她奔下楼梯，大力打开又关上大门的声音，我抚摸着火辣辣的脸颊。

——这样就好了。

我刚到浑身无力，坐在床上。打翻的果汁粘在裤子上，但这点儿事已经无所谓了。

就这样吧。我不能自甘堕落下去，我必须要思考自己生存下来的意义，完成自己的使命。那是用死亡所换取的，生存的意义——

“……我希望能够拥有自信，堂堂正正地活下去。”

突然之间，丸山同学的话回响在脑海里。

将自己的心灵创伤诉说出来，说服我“活下去”的丸山同学。只有她给予我的心灵以支持的力量。

我如今不能对任何人诉说的心情，可能只有丸山同学是明白的——我模模糊糊地这么想着。

◆

美夏回去之后，我为了整理脑子里面的思路便到街上去散步，不知不觉就走到小山家去了。

总想见见母亲，想与心底里爱着小山伸夫的人说说话。也许她偶尔会在家里休息，我抱着淡淡的期待加快了脚步。

因为这片偏僻的住宅区远离车站，晚上很少有人走过。商店街上的店铺也都放下卷帘门休息了。路灯差不多都要完蛋了吧，一明一暗地闪烁着。如果是女孩子的话，在这样的地方一个人走路肯定是要害怕的。我一边想着，一边看到小山家的门。

如果是以前，母亲在出门去工作之前会将门灯点亮，但是在电费价格上涨之后，为了节约就不再点了。小山家周围的空地较多，显得更加黑暗。母亲一个人在这里生活会不安全吧。我考虑明天去买一个太阳能灯来，装在这里。这样想着，就已经到了离门很近的地方——

一个黑影突然从门内出来了。

我吓了一跳——小偷吗?

黑影蹑手蹑脚的，好像不想让任何人看到的样子，站在门外轻轻地想把门关上。

“喂！”

我踏步向前叫了一声。那影子跳了起来，向着相反方向跑掉了。

“喂——站住！干什么的？”

我正想追过去，腹部的伤口却突然疼了起来，只好用手扶着路灯柱子调整一下呼吸。黑影趁此时已经跑得不见踪影了。那影子看起来个头儿挺大，估计是个男的。

突然意识到，如果这是个普通小偷倒还好，万一是劫匪，家里的母亲受到袭击了呢?

我慌忙进入小山家里面去看，可可慢慢站了起来开始冲我叫。你这笨蛋，现在才起来，刚才有可疑人钻进来了知不知道!

房屋门并没有被锁上，我有种不祥的感觉。

进入完全黑暗的室内，打开电灯。我慎重地检查了一遍客厅、厨房、卧室和洗浴间，上到二楼检查厕所、母亲的房间和原来自己的房间，但并没有发现母亲，也没有发现被翻乱的痕迹。

——还好。

我安心下来，再次环视房间。这是我熟悉的房间，墙壁上还挂着过去的学校制服，让我内心一阵绞痛。“母亲，如果我找到了凶手，那我绝对绝对要回来的——”我心中这样大声呼喊着。

不过，母亲差不多要回来了吧。这么贸然进来若是被看见就麻烦了。先出去，在外面等吧。就在我关上自己房门的一瞬间，突然注意到一件奇怪的事——电车模型没有了。我的书架和桌上原本放着的大量模型，全部没有了！

我慌忙查看书桌抽屉里面。在最上面一层的抽屉里总是放着一两万日元的现金，不见了；记录节约下来的零花钱储存明细的小账本和现金卡也不见了。而且我过去用了很长时间的背包也没有看到，那背包里总是放着钱包的，钱包里放着现金卡、学生证、购物点卡之类的——当然，购物点卡里面也有一点点钱。发生事故的时候这些东西都损毁了吗？——不是的，我记得自己那晚出去时并没有带着背包。

我继续拉开其他抽屉，更加震惊。那些抽屉几乎都是空的！铁路的书、杂志、时刻表、DVD，以及少数几件衣服，全部都不见了。

为什么？是刚才那个男人偷的吗？但是他跑得很快，根本不像带了那些东西的样子。那么是母亲都给处理了吗？从我死去到现在才这么短时间，我所喜欢的东西就被母亲全部处理干净了？

刚刚经历了丧子之痛的母亲，会这么快就将书桌里、抽屉里的每个角落都清理干净吗？这种清理房间的方法——感觉不到任何哀悼亡故之人的心情在里面，倒像是一个很麻烦的人总算走了，要赶快将其遗留的痕迹清理干净似的。

这种感觉让我很不舒服。

我关上门走下楼梯，打开厨房的灯。厨房的装饰架上，我曾经向母亲拜托用来放置N型铁轨模型的空间中，果然也没有模型了，反而放着漂亮的装饰盘子。

——果然很奇怪。以前母亲对这种东西并不感兴趣的。

为了让自己心情平复下来，我正想坐到饭桌旁的椅子上去，结果又被吓了一跳。

桌上随便放着很多文件，其中看到有文件上写着“保险金”等申请书的字样。

我用发抖的手拿起那份文件。

——保险金？

桌上有另外一份文件，我一看便愣然了。

保险合同 ××生命保险株式会社

合同订立日期：20××年8月1日

保险签署人：小山百合

被保险人：小山伸夫

死亡受益人：小山百合

与被保人关系：母亲

住院赔偿金（灾害、疾病）：每日一万元

医院诊断赔偿金：每日五千元

死亡赔偿金：一千万元

我的视线停留在最后一行字上——死亡赔偿金：一千万元。

还只是高中生的我如果死亡，就可以获赔一千万元？

我慌忙确认签订合同的日期：今年 8 月 1 日——在我死前一个月。

外面可可的叫声让我回到了现实。它那样的叫法一定是母亲回来了。可可在一段距离之外也能分辨出母亲的脚步声。

这时候不能碰面，必须从侧门出去，绕到后面离开。

我将文件按照原来的位置放回饭桌上，慌忙跑向门口。正在拿鞋子的时候，突然电话铃声响起，我被吓了一跳。是放在厨房的电话响了。我当然不可能去接，急忙往侧门走，想赶快出去。就在那一瞬间，电话切换到留言机上，一个男人的声音响起。

“——我是坂本……”

正要出去的我顿时停下了脚步。

坂本？

“……因为打不通你的手机，所以打到这里来了。等会儿我再打给你。”

随后便“嘟”的一声挂断了。

那个声音，难道是，坂本老师？

我浑身颤抖。

外面的可可再次叫了起来。我一下子回过神儿来，急忙从侧门出去，躲藏在庭院暗处，几乎和母亲打开大门在同一时间。

“可可，我回来啦。”听到母亲的说话声和可可欢快的叫声，我屏住呼吸，一动也不敢动。

“马上给你做晚饭，等一下哦。”

还是和以前一样温柔的声音。

“咦？我是忘了锁房门就出去了吗？”

尽管在黑暗中，但我依然感觉到一丝危险。

母亲一进去关上门，我便立刻转回到大门口，溜了出去。

为什么母亲会给还是高中生的我买那么高额的人身保险？而且保险合同订立这么短的时间内我就死了。这简直就像是——有预谋一样！

而且，为什么坂本老师会以那么熟稔的态度打电话过来？

不明白这到底是怎么一回事，完全不明白！

之前确实听说过有为了骗取保险金而杀死自己孩子的父母。但是我从不觉得那种故事会和我有任何关系。

为什么？难道说是和老师……是有了男人吗？

我消失之后，还能拿到保险金？

我立刻赶往吉雄家。这话显然也只能对过往的亲密朋友吉雄说了。

向吉雄说明一切吧：我就是真正的小山伸夫，难以置信地替换进了高桥真治的身体……最初他肯定不会相信，但是我会用尽一切办法向他证明，直到他能相信我。然后，一起考虑从今往后该怎么办。

我跑得气喘吁吁地来到吉雄家门口，按响门铃。吉雄妈妈说："啊，你是昨天来过的吧？"笑着打开门，让我进去。

"哥哥的朋友？"吉雄读小学五年级的妹妹从小房间害羞地探出头来。

"晚安，小麻里。"我笑着向她打招呼。

"为什么你知道我叫麻里啊？"麻里睁大了眼睛问道。

坏了，和以前一样顺口就叫了她名字。

"那个……是先前我从你哥哥那里听说过小麻里的事。"

连小麻里的视线都让我感觉有如芒刺在背，抬头一看，正巧吉雄从楼梯上走下来。

“高桥君，为什么这么急地跑来，还是这个时间？”

“哎呀，你怎么这么说呢，没事的哦。”阿姨连忙打圆场道，“你吃过晚饭没有？要不一起吃吧？”

“多谢，不用了。”我连忙推辞，随即小声对吉雄道：“我有话想跟你说，能不能去你房间？”

吉雄的脸上有了警惕的神色，直直地看着我道：“我的房间？这里不能讲吗？”

“我不想让别人听见，拜托你了！”

在我的苦苦请求之下，吉雄终于叹了口气，对麻里说：“你到那边去玩吧。”将她打发了，随即让我上去二楼，进入他的房间，关上门。

“说起来……我对高桥君说过我妹妹的事吗？”吉雄再次投来怀疑的目光。

“啊，没有。”我慌忙摇头道，“我大概是从佐佐木君那里听到的。”

“佐佐木他们怎么可能知道我妹妹的名字。他们几乎就没和我说过话的。”

我无话可说，吉雄继续冷冷地注视我。

“那么，说吧，找我有什么事？你不是昨天才来过吗。”

“啊，其实我今天中午也来过。”

吉雄不爽地移开视线道：“为什么老是来找我？”

“不是特意这么干的，是真的有话非得告诉你。”

“那到底是什么事呢？”

“首先必须要说明，我接下来说的你可能觉得非常难以置信，其实我——”我的话只说到一半就被堵在了喉咙里。

在蹙眉盯着我看的吉雄身后，我的视线突然被某样东西吸引住了。

“这个……”我一伸手过去，吉雄顿时被吓得身体一震。但当他明白我的手是伸向背后书架的，便放松了紧绷的身体，退到一边去了。

“这个，你是问这个吗？是D51。”吉雄似乎是松了口气，报出我手中所抓到的模型的名称。

我当然知道它是D51。但问题是，这个东西为什么会在这里。这是从我的房间消失的模型。

我回过头来，环顾了一遍这个房间。EF210、EH500、KIHA81、箱根登山铁路MOHA2……都来到了这个房间里。吉雄原先是没有这些模型的。

“你为什么有这个模型？”

“嗯？啊，买的啊。”吉雄立刻回答道。

“买的？”

我看一看模型的背面，上面用金色油性笔写着“K”的符号，那是我的专属记号。

“但这上面写着‘K’呢，你从谁那儿买的？”我故意这么一问，吉雄的目光开始慌乱起来。

“所以，就是从小山君那里买的啊。”

说谎！我从没卖给过他。

“——原来如此。”

“就是这样。那么，你到底要跟我说什么呢？”

“啊，算了，其实也没什么。不是什么大事，请忘了吧。”

“哦。”吉雄连看都不看我，只顾着擦汗。

“那我回去了，实在抱歉突然来打搅。”

“明白了，那么晚安。”吉雄以拒绝的态度背过身去，我也转过身走出去关上门。走下楼，阿姨正拿着个托盘上来，上面放着装果汁的杯子。

“啊呀，已经要回去了？”

“是的，打搅了。”

“啊呀，什么招待都没有，欢迎下次再来玩哦。”

“谢谢。对了阿姨，有件事想请问您。”

“什么事？”阿姨亲切地看着我。

“吉雄他……9月2日晚上是不是去陪护生病的奶奶了？”

“啊？”突如其来的问题让阿姨愣了一下，随即道：“等一下。”便将挂在墙壁挂钩上的日历本拿下来，翻回去查看。

“嗯……啊，找到了。奶奶从9月1日开始就住到养老院去了。所以那天是不需要去陪护的。”

原来吉雄也撒了谎。

“——这样啊，好，谢谢您。”

我道谢之后，便飞跑出了田中家。

我用尽全力在黑夜的街道上狂奔。

到底发生了什么？我的周围到底发生了什么事？

佐佐木君和新井君的不在场证明不成立了，母亲和坂本老师有勾结，还给我买了大额的保险，而我唯一的朋友吉雄竟然会拥有我根本没卖给他的所有模型。

跑到河岸边，开始大声狂叫起来。一直叫到我腹部的伤口痉挛作痛，脚下发软。

但是我还是不管不顾地继续跑下去，到了高桥家直接撞破大门冲了进去，一直冲到二楼自己的房间。

已经，谁都不能，相信了！！

我将书架上的书和时钟，还有桌上堆积的一切东西，不管三七二十一地全部推散到地板上。一口气把装吉他的壁橱也拉倒了，还踢倒了晾衣架，又往墙壁上打了无数拳。最后，瘫软无力的我横倒在椅子里，闭上了眼睛，将沉重的喘息平复下来。

终于平静下来，睁开眼睛，地板上到处是笔记本、教科书、小说、UFO 形状的玩偶……散落在地上。我慢慢地站起来，在这些东西中间站了一会儿，终于叹了口气，开始一一捡起来。教科书和我现在用的不一样，是成兰高中用的。笔记本也都捡起来了，放回到课桌和书架里面。突然，我的手僵住了。

浅黄色的笔记纸——与那天我收到的信纸看上去非常相似。

我一边想着这是怎么回事，一边以颤抖的手指将其掀起来。虽然不是普通的颜色，但也是从不少地方都能买到吧。我一边这样对自己说，一边看着最上面的一页，突然想到一个办法：最上面一页应该会留下最后一次书写时笔压下来的痕迹吧。

冲着灯光，我看到最上面一页纸上确实有浅浅的文字凹痕，便连忙用铅笔在上面涂抹，让字形显现出来。

9 月 2 日 19 时 三浦海食崖

一看清就是这几个字，我颓然跌坐在床上。

那天把我叫过去的人竟然就是高桥真治！？

高桥真治以前认识我吗？

他不是偶尔路过并来救我的吗？

——“这件事，你应该最清楚。”

我曾经询问“是谁杀了小山伸夫”，“真相知晓者”就给出了这样的回答。难道那句话的意思是高桥真治才是真正的凶手？不，那不可能——

我的大脑本能地想拒绝这个想法，但突然又想起一件事。这让我的身体好似被电流击中一般。

——那个手机铃声。

那莫非就是高桥真治的乐队“Midnight Blue”的曲子？吉他演奏给人以深刻印象的旋律。多茂津弹给我听的时候，我只有模糊的印象，因为并没有贝斯和架子鼓的伴奏，所以联想不起来。而且我做梦也不会想到这件事会与高桥真治有关联。

如果高桥真治就是凶手，那么那封信、手机铃声、他在那个地方出现，这些疑点全都可以解释了。

但是为什么呢？

我和高桥真治在哪里有过交集？

为什么他必须要对我下手？

然后，其他人呢？母亲、坂本老师、佐佐木君、新井君、吉雄，所有人都有疑点。甚至于不在场的证明都很模糊，同样使用那个手机铃声的城崎同学也是如此。

“真相知晓者”到底是谁？为什么要给我发邮件？

一切都不明白，谁都不能相信。

——甚至不能相信我自己！

7

星期六。

秋高气爽的好天气，终于迎来了文化节首日。

早上，举行了文化节的开幕典礼。全校学生集中在操场上，上空飘荡着气球。在学生会长的示意下，伴随着欢呼声，各种颜色的气球被一起放飞。承载着大家的欢乐，气球向着深秋的天空飘升而去。

今天是非对外公开日，只招待学生家长参观。然而，校门口仍然可以看到很多来校参观的人。在入校登记开始前，我们要迅速赶往各自的活动场所。

走廊里搭建的准备室中，需要化装的男生和女生们正面向镜子紧张地忙着。首先将脸涂白，眼睛周围涂黑，然后脖子和胸前也涂白，穿上纯白色的服装。我正准备做洒血的工作，突然有人从我手中夺走了瓶子，随后我头上就有又冷又黏的东西浇了下来。

“最恐怖的幽灵，完成啦！”

佐佐木君和新井君手里拿着瓶子，用手指着我哈哈笑。他们自己的身上也到处都洒了血。

如果是平常的话，我一定扑上去夺回瓶子，然后也浇他们一脑门儿。但是今天实在是没这个心情。

一边尖声叫喊着，一边将夺到手的血瓶往别人头顶浇去的佐佐木君和新井君，虽然笑得那么开心，但也很可能这两个人就是杀我的凶手。

“这里够明亮，所以看看你们的样子还行。要是在黑暗的地方看了，肯定特别可怕。”吉雄一边做着接待工作的准备，一边嘟囔着。

这个人也是——

“各位，差不多要开始了哦！”

化着比平常更浓的妆的城崎同学大声宣布道。

这个也是——

“田中、高桥，你们的铁路展示看到了哦，真是很详细的调查啊。”坂本老师边说边走过来。

这个也是——

还有映在镜中、满身都是血迹的我自己。

我自己也是——

所有人都有秘密。

所有人都有某种企图。

所有人都与小山伸夫的死有关联——

“马上就是开场时间了，请大家在自己的岗位上认真欢迎来校参观者。请对自己的工作进行最终的确认。”广播中传来这样的声音，大家于是都散去了。佐佐木君和新井君去了已经变身为鬼怪屋的教室。吉雄去了接待台。坂本老师去了校门口迎接来校参观者。

“高桥君，你也进到里面去吧？”我回头一看，是丸山同学站在那里。

“为什么丸山同学还不换服装呢，不是说要扮成鬼的吗？”

“已经扮了哦。我的扮相设定就是女子高中生幽灵呢。”

“好狡猾啊。”

“就这样啦。”

我被她催着进入教室。窗户玻璃都被瓦楞纸遮住，垂下的暗幕使得教室里已经非常黑暗了。

用涂黑的隔板做成的通道，暗幕的各处都隐藏着妖魔鬼怪，随时准备跳出来吓唬参观者。他们待的地方并不固定，而是四处游走，给予参观者更强烈的恐怖感。

“快点儿藏起来，参观者要来了。”

“丸山同学，你才要藏吧。”

我们这样小声说着的时候，从门口传来“欢迎光临，两位参观者”的接待员声音。

“快点儿吧。”

我们刚躲进附近的暗幕里面去，就听到鬼怪屋里面响起了吹冷风的声音、女人的悲鸣声，还有好似从地底下发出的怪笑声、哭泣声……这些效果音从布置在教室四个角落的音箱中传出，真是气氛满满。

“哎呀……明明看着搭起来的鬼怪屋，怎么这么恐怖？”

暗幕中，丸山同学害怕的声音就在我身边。黑暗之中看不到她的脸，但在这样狭小的空间内，我们的身体几乎是紧贴在一起的。

丸山同学的说话声挺可爱的。

我在黑暗中才第一次注意到她急促的呼吸和因为害怕而有点儿小僵硬的身体，似乎碰到又似乎碰不到的微妙距离感，甘甜的气息。

丸山美穗，断言我拥有生存价值的人，对我的痛苦存有共同感觉的人。

我能不能相信她呢?

如今我谁都不能相信了。但是如果是你的话——

“那个,丸山同学?”

“什么事?”

“如果可以的话,下次我们再去公园里面谈谈话好吗?”

“啊?”丸山同学的声音似乎很奇怪,“这是什么意思啊?”

“嗯,这……就是想和你多说说话。”

几秒钟的沉默。

“——想开我玩笑?”

“不是啊。”

“还是不要和我这样的人在一起为好。”

“但是我真的——”

“求你,别说了!”黑暗之中丸山同学坚决地拒绝我道,“抱歉,但是,请不要搭理我了……”

丸山同学好似从我身边逃走似的,从暗幕中飞跑出去。

鬼怪屋的音效和悲鸣声钻入耳朵,我一个人留在原地茫然无措。

◆

文化节第一天缓慢地过去了。

我在鬼怪屋里面四处逛着，不时吓唬一下参观者，没有干劲儿的时候就躲藏在暗幕里面打盹。休息时间我拒绝了佐佐木君和新井君一起去逛其他展店的邀请。

我只想一个人待着，即使到处充满着章鱼烧和炒面的浓烈香气，我仍然是一点儿食欲都没有，只买了盒果汁，就爬到文化节期间禁止进入的顶楼天台上去了。

一个人绕到水箱的背面去，这样的话谁都看不到我了。

我喝干了果汁，躺倒在水泥地板上。虽然休息时间结束了，但是我还没那个心情回去。反正多一个妖怪少一个妖怪也不会有人注意，干脆就偷懒算了。

秋天的天空无尽深远，在我躺成个“大”字的身体之上，变幻莫测的云来而又去。

不如将一切终结吧。

即使知道了谁是凶手，也不会有任何人因此而幸福。

就这样以高桥真治的身份活下去，也是为了大家好。高桥真治的双亲、同学们、我的母亲，都得到了幸福——

我这么想着，不知不觉就有点儿昏昏沉沉了——

“……了嘛。”

听到有人说话，我睁开了眼睛。

糟了，偷懒是不是被发现了？

我慌忙起身看看四周，并没有人。

“昨天那家伙突然来到我家里，我都快急死了。”

说话声是从水箱的另一边传来的。我四肢着地，朝着声音的方向悄悄爬过去。

“他到底在想什么？真是不明白。竟然还调查了我妹妹的事情。果然如你所说，那家伙很危险。”

这个说话腔调，这个谈话内容……难道是？

我把身体完全贴在水箱上，从边上偷偷看过去，果然是吉雄。

“这样下去这边就很危险了——是的，现在的话应该还来得及。他大概还没有觉察到这边的动向。明天在后夜祭之前是最忙乱的时候——是，那时候就是机会。”

吉雄坐在那里，极为认真地对着手机说话。那是我从没在他脸上见过的阴险表情。一直都显得很懦弱、发着呆的样子，此时在他的身上是一丁点儿也没有了。

“后夜祭是 5 点开始——是的，那么请 4 点到屋顶上来。我们到时候商量怎样把高桥君抓住。”

我心中一惊。他们要抓我？！

“明天就全部解决了吧——好，那么 4 点钟，等你。”

吉雄压低了声音说完这句话后便挂了电话。然后，他慢慢地站起来，拉开铁门回去了。

我全身无法动弹。刚才我听到的对话是什么意思？吉雄明显是在说我的事。明天是机会？要抓我？全部解决？

也就是说，所有发生的事都肯定与吉雄有关系。难道刚才的这个电话是和主谋者联络的吗？吉雄到底是在帮谁？

想到这里，一股寒气从我的脊背直升头顶。

不——也许吉雄就是主谋者……

我曾经唯一的朋友。

直到昨天为止，我根本就没怀疑过他。对于吉雄，我曾是从心底里完全信任的。

但是现在看来，这件事和吉雄是绝对有关联的，这似乎已是确凿无疑的事实了。

那么，在吉雄以外，还有谁？

到底还有谁？

佐佐木君？

新井君？

城崎同学？

坂本老师?

甚至还有母亲?

我陷入一片混乱。被最信任的人背叛，这种心理冲击与痛苦让我的心跳都紊乱了。每次呼吸都导致身体发抖，坐在地上难以起来。

但是我咬紧牙关，在肌肉中积聚力量，终于停止了身体的颤抖。

——我不会认输。

我一边大口喘气，一边看着天空。

——无论凶手是谁，我都绝不认输。

鼓足勇气，我下定决心。

明天下午 4 点，我就在这屋顶，等着凶手现身。

8

文化节第二天，相比昨天来校的参观者又多了许多，非常热闹。校园喇叭里面传出轻快的音乐，每个展店前面都排起了长龙，四处都是表演活动的喧嚣声。

鬼怪屋的门票大卖，走廊上排起了长长的队伍。有几个很会乘机做生意的班级还拿来了热狗、巧克力和香蕉等食物卖给排队的人，甚至还推出了猜拳游戏来促销，赢了就能再赠送一份，搞得走廊里也是欢声笑语不断。

鬼怪屋中入场的人太多了，几乎是爆满状态，结果恐怖的效果也没了。带着女孩子进来、妄图在她被惊吓时将其揽入怀中的男生们的希望也都落空。取而代之的是参观者取笑妖怪的化妆和服装，或是将盖在恐怖玩偶上面的床单之类的道具拉下来盖在自己身上，没办法了，这些也都算是欢乐愉快的文化节趣味了。

文化节欢快的气氛让几乎整个学校都沉浸在欢乐中，所有人脸上都展露着笑颜。

所有人之中，只有我一个人好似隔着磨砂玻璃一般，从远处望着那片喧嚣。所有人的声音都无法进入我的耳朵，他们的脸也都模糊得一个都不认识了。

我在暗幕之中懒洋洋地进或者出，偶尔吓吓人，偶尔摆出笑容，就这样过了一天。我的心已经沉下去，化为铅块一般，什么感觉都没有了。

有几次与丸山同学的视线相交，但是她立刻就将视线移开了。我叹了口气。昨天的事就好似是告白一般，现在明显是被她避开了。

鬼怪屋等候的队列仍然很长，宣告今天的活动即将在十五分钟后终结，广播喇叭中传来《萤火虫之光》的乐曲。到处都是不满的抱怨声，但负责整理现场的人一边道歉，一边无情地将场内参观的人都赶了出去。

我从鬼怪屋出来寻找吉雄。看到担任接待的吉雄正在为回收入场票而忙碌着。我从裤子口袋里掏出手机，确认了一下时间——差不多要到4点了。

随着《萤火虫之光》的乐曲声，人群渐渐散去。要么去厕所，要么去往出口，要么在寻找同伴。

吉雄看了一眼手表，然后立刻将自己周边的东西收拾妥当，留下一句“抱歉，去趟洗手间”，便离开了。

吉雄穿过人流沿走廊走去。

——差不多要开始了。

我深吸了一口气，目视着吉雄，确认他走上了前往楼顶的楼梯。不能马上就从后面追上去。我打算先去准备室卸掉化妆，换上 T 恤衫，然后再跟着他的路线上去。

走到出口的时候正巧与人流是相反的方向，我拨开人流走上台阶。再看一眼挂钟，4 点过了十分钟，凶手到底来了没有呢？

来到进入楼顶天台的铁门前，我深吸了一口气。

打开这扇门，我的命运是否就将改变？门的那一边也许是我并不想知晓的真相。

而我，现在必须要打开这扇门。

我全身蓄力，然后推动了那扇沉重的门。

被夕阳灼烧的天空映入眼帘，给人感觉好似已置身于空中。

吉雄背对着我，正趴在栏杆上眺望着校园。校园中传来“请速速离校”的广播通知声。

这里只有吉雄一个人，等的人还没来——

正在我纠结是先躲起来，还是直接上前问话的时候，“真慢啊，怎么现在才来？”吉雄一边说，一边回过头来。

“高桥……君？”看到不应该出现的我，吉雄的身体一下子僵住了，“你为什么会在这……”他的脸唰的一下白了。

“田中君，请你把所有的事情都对我讲明吧。”我向前踏上一步，吉雄沿着栏杆后退了一步。

“什么……你说的是什么事？”吉雄脸上浮现出抽搐的笑容。我一把抓住他胸前的衣服。

“全给我坦白！坦白！是你躲在后面操纵的吗？”

“别，别这样！高桥君！”吉雄手脚乱颤。

“你是主谋者？还是从犯？你到底是谁？！”

“等一下高桥君，你到底在说什么？”

“别装傻了！”争执间，我挥起的拳头已经打在他的脸上。吉雄摔倒在水泥地面上捂着脸。

“我已经知道了，那天你根本没有去照顾你奶奶！”

我蹲下身来，两手掐住吉雄的喉咙，把脸靠过去：“告诉我真相。为什么小山伸夫被杀了？”

“啊？”吉雄的脸上现出惊讶与失望的表情，“小山君……是被杀了吗？”

“还给我装傻？”

“什么时候的事？”吉雄的眼中有大颗的泪珠涌出来。

“当然是9月2号！”

“哎？”

吉雄充满泪水的眼中出现了莫名其妙的神色。他的喉咙被我掐住，呼吸困难。

“高、高桥君，你这话，到底是什么意思——”

就在这时，一个黑影突然飞奔过来，将我从吉雄面前拉起来，摔到一边的水泥地上。我的头被撞了一下，顿时眼前一片白茫茫。

“吉雄，你没事吧？”

模糊的视野中，能看到那个黑影，以及躬着背喘息的吉雄。

“嗯，没事。还好你也没事。刚才听说你死了，我吓得心脏都停了……”

啊？

什么？

吉雄到底是在和谁说话？

我还来不及思考，那个黑影就再次扑了上来，一顿拳打脚踢，我坠崖时腹部的伤口也被击中，顿时痛得死去活来。脸上、头上、腹部统统受到袭击。

真痛，无比痛楚，无法呼吸。

在这痛苦之中，我的意识反而醒了过来。

在视野的角落，吉雄正害怕地蜷缩着身子往我这边张望。

然后，我努力想看清正骑在自己身上的这个人到底是谁。

由于是逆光的原因，很难看清他的脸，只有他的拳头是真实的，向我身体的各处砸来。

他的身体直起来，再次高高举起拳头。这时，夕阳将他的面庞轮廓照射出来。

天哪!

这张脸……

是我以为再也不可能见到的脸!

如今正骑坐在我身上的这个人，就是过去的自己——小山伸夫。

为什么？为什么？

我一边挨打，一边在心中呐喊着。

为什么小山伸夫会在这里？

“别打了，别打了！”吉雄介入，拉开小山伸夫和我，“再打下去要死人了。”

好似刚刚回过神儿来似的，小山伸夫的拳头停了下来。他抓住我T恤衫的手松开了，随即站起身来。

终于被解放的我一边猛烈地咳着，一边继续躺倒在地上。我用T恤衫擦拭着横流的眼泪和鼻血，将口中令人难受的东西吐了出去，那里面也混着血。

身体各处都很疼痛，但现在我已顾不得这些了。等我的气息平复下来，便将脸抬起来。小山伸夫正站在我面前，保持着随时可以再出拳头的打架姿势，狠狠地瞪着我。在他身边，吉雄害怕地轮番注视着我们两个人。

我晃晃悠悠地伸出手去，吉雄害怕地缩缩身子，小山伸夫则再次握紧了拳头。

看着自己站在面前，我陷入了彻底的混乱。现在的我和过去的我，面对面互相对峙着。

“为什么，我，小山伸夫，会在这里？”

听到我这句话，两个人惊讶地对视一眼。然后，似乎是猛然醒悟似的，露出受到极大冲击的神情，吉雄压低了声音问道：“难道你……是小山君？”

我点了点头。

两个人再度对视了一眼。

“真的？”小山伸夫的声音尖锐而充满怀疑，转头道：“喂吉雄，你问问他只有小山伸夫才知道的事情。”

“啊？你突然这么说……”

“别废话了，快问！”

“嗯，那个，去年我们在文化节也做了铁路展示吧。小山君一开始想做某个主题的，但我觉得没意思，说谁都不会感兴趣的就否决了。那个主题，只有小山君本人才知道的，你记得吗？”

吉雄向我投来询问的目光。

“是有关电车集电弓[①]的种类。”

我一边将又在口腔里积蓄起来的血吐出去，一边回答道。

吉雄的眼睛一下子亮了起来。

“真的是小山君！你果然是回来了。我一直相信小山君的灵魂还在世上某处存在的哦！”

他们两个人似乎都安下心来，紧绷的肩膀也松弛了。

等一下，他们俩一副对这整件事都可以接受的样子，我可还什么都没有明白过来呢。

“所以说，这到底怎么回事？”我向着面前的自己连续发问道，“为什么你会在这里？为什么还活着？9月2号那天你没死吗？”

---

① 集电弓（Pantograph）亦称受电弓，亦有人称之为输电架，是一种让电气化铁路车辆从高架电缆取得电力的设备的统称。

对于我的提问，吉雄以一副全盘都能理解的态度点点头回答道："小山君并没有死。只是跌伤和骨折。"

——什么？

"哦，看来你是什么都不知道啊。"面前的小山伸夫似乎也完全理解眼前状况了。

"虽然我和你一起被送到医院去了，但我只住了两个星期就出院了。"

我还活着？小山伸夫还活着？

啊，再等一下。我现在存活在高桥真治的身体里，那么也就是说，眼前小山伸夫的身体里面是——

"难道，你是高桥真治？"我声音颤抖地提问。

小山伸夫脸上紧张的表情放松下来，点头道："对，就是我。"

◆

校园中回响着欢送参观者离校的广播声。从屋顶可以清楚地看到黑压压的人群正在涌向校门。在校园的正中央，为了举行后夜祭搭建了火堆，一些人正在将横木组合堆积，然后将炭火以及文化节期间准备的小块木材放在上面。

我将被殴打的身体横躺在屋顶的长凳上，伤口接触到冰水时不禁喊道:“哇，真疼！”

“抱歉抱歉。喏，给你纱布。”

我接过纱布擦擦鼻血，然后按住划破的嘴唇。

“居然被打了这么多下。”

“哎呀，真是对不起啊。”

坐在水泥地上的小山伸夫也在用冰块敷手。他的手都发青肿起来了，布满擦伤和干了的血迹。居然打得那么厉害，我想他自己也够害怕的。

小山伸夫的脸正在躺倒的我视线所及的最高位置上。那张我自己的脸——这个事实实在是很难接受。

吉雄从校内贩卖机买来饮料给我们。

“你喝芬达吧？记得小山君是不喜欢咖啡的。”

吉雄一边把易拉罐递给我，一边说道:“叫你小山君感觉怪怪的。一直是叫高桥君的。”他笑了起来。

与我的再次相会——是真正意义上的再次相会——让吉雄的兴奋之情无法掩饰。他在我身边寻找着空隙，也在长凳上坐下来。

我的喉咙非常干，打开易拉罐将饮料灌进去，触及口腔里的伤口，疼得我直咧嘴。

“这到底是怎么回事？可以说明了吧？”终于，身体上的痛楚缓和下来，我催促小山伸夫回答。

他点了点头，慢慢开口道："我在医院中醒过来，便发现自己进入了别人的身体。"他打开咖啡罐喝了一口，继续说："原本我想立刻对医生说明情况的，但却最终选择了沉默。因为我想这也许是个机会……"

"——机会？"

"是的，因为那时我在逃跑。所以对我来说，身体变成另一个人是个很好的机会。"

"你说你在逃跑，你在躲避什么人？"

"跟踪者。"

"跟踪者？"

回想起来，多茂津和茂树确实说过高桥真治曾经被某个异样的人跟踪。但我当时以为只有女孩子被跟踪才算危险，一个大男人被娇弱的女生尾随一下又没什么好担心的，所以听过也就算了。

"你是不是想，不过就是跟踪者而已嘛。"小山伸夫好像看透我一般问道。

"嗯。"我老实地点点头。

小山伸夫苦笑起来："说得也是，说一个大男人是被跟踪的受害者，谁都不会相信。

"那个女孩子一开始来看演唱会的时候挺老实的，好像并不习惯看演唱会的样子，并没有给人任何不好的印象。在演唱会后说说话、送上情书，最初就是这样很普通的。

“虽然她总说是最近才成为粉丝的，但她熟悉乐队唱过的每一首曲子，就算是在推特上随便写了点儿东西，也会在信中写上‘那个真有趣啊’之类的感想，感觉还蛮让人愉快的。还有，感冒的时候会收到她送上的营养饮料，吉他弦断了正打算要去买的时候，她在信中便会随附琴弦过来，关心我的时机把握得刚刚好。

“但是有一天……在演唱会后又收到她的信，上面写着：‘差不多到了发表新单曲的时候了吧？虽然非常喜欢节奏强烈的曲子，但我个人很想听一听抒情曲调的曲子。在预备校中作曲，然后在录音棚里练习……虽然很辛苦，但是我永远支持你，请努力！’最初读这些内容也并没在意，但随即就发现了问题。

“当时我们正在创作的歌曲确实就是抒情类型的。但是就在两天之前，我在录音棚中将曲子弹给多茂津和茂树听时，他们两个人反对，说抒情的曲子粉丝是不会接受的，所以我正在迷茫到底该怎么办。

“这个时机也太凑巧了。如果她是知道这首创作中的歌曲，那么只能假设她偷偷跟到录音棚里面去了。于是慌忙将以前收到的信统统翻出来看。收到营养饮料的信上写着‘现在梅雨天，请保重身体’，附赠琴弦的信上写着‘偶然看见有卖这个的’，看似全都有偶然的理由，但再看一遍就能明显感觉到时机实在是准确得奇怪。如果写着‘最近我买了这本书’，一看标题，必是与我曾经买过的书一样，写着‘这家CD店活动挺多的，我喜欢’，一看地址和店名，必是我曾去过的CD店……直到那时，我还以为这些事大概是我和她说起过的，但细想来却不是那样，她是跟踪着我才看到这些东西的——我的冷汗顿时就止不住了。”

——好似再次感觉到那时的恐惧一般，小山伸夫的身体发抖起来。

“虽然不是什么危险的女人，但实在让我有点儿恶心。所以，之后的演唱会便有意无视她、不搭理她了。无言的拒绝，我觉得这样最好。然而……几天以后，我回到家里打开邮箱，有一封整个封皮都是红色的信。没有邮票，没有寄送地址，只在封皮上写着‘高桥真治大人’。想到自己连住哪儿都被人知道了，真是不禁害怕。打开来看，便签纸上写满了‘对不起对不起’‘有做错的地方一定改正’之类的内容……在那之后，几乎每天都有收到这样的信，真是叫人受不了。”

——我在脑海中想象了一下那个场景。每次打开邮箱就是一个大红色的信封。写满密密麻麻的小如蚂蚁的文字，全是道歉的话语……真是想想就恶心得不行。

“但是让事情发展到不可收拾的地步还是从我和美夏开始交往以后。每天早上一打开邮箱，红色的信笺就会像雪崩似的涌出来。

那有多少啊……心里想到那家伙是整个晚上都在写这个然后送过来，我真是浑身起鸡皮疙瘩。”

——我暗自吞了口唾沫。这种无限紧逼的恐怖感，我也曾经体验过。

“就在我想这样下去实在不行，得做点儿什么的晚上……在从预备学校回来的夜路上，那女孩子正等着我。在大雨之中也不打伞，一边浑身颤抖，一边手持花束——手上都是血……”

——我听到这儿也浑身起鸡皮疙瘩了。

“她看到我便一边笑着，一边靠近过来。我想她是不是带着刀，慌忙夺路而逃。已经受不了了，虽然并没有受到什么实际的伤害，但这个人显然会越来越疯狂，不知道会干出什么事来。所以我想没法再无视她了，还是叫她出来好好谈一谈吧。

“选择在三浦海食崖那个地方，是我经过考虑的。被叫到那种地方去，就算是她也得心惊胆战吧。这是我的警告，表明我也很愤怒，万一发飙也不一定会干出什么来。明白我的决心以后，猜想她也会从此老实的。”

——喝完了那罐咖啡，小山伸夫从胸口的口袋里掏出一支烟来点着了，继续讲述。

“然后就是那一天——9 月 2 号的晚上，我按照自己预定的时间，7 点钟左右前往那里。但是周围很黑，地方又大，我没看到她的身影。虽然因为不想让她知道我的手机号码所以从没打过她的手机，但那时也没办法了，只好拿出以前收到的信，查看她的手机号，然后打不显示号码的电话过去。就在那时，我听到了有人发出很凄惨的叫声。

“我急忙循着声音跑去，看到正站在悬崖边缘的她，以及某个正在从悬崖边往下掉的人——其实就是你了。”

——小山伸夫深深地吸了一口，然后慢慢吐出白色的烟来。

“也许，她在被我叫到那个悬崖去的时候，就没打算和我说什么话的。也许就是抱着和我一起死的想法去的。

“那个夜晚多云，月亮也是黑的，很难看清对吧？而且周围也没有路灯，又是个禁止进入的场所。我和你正好身高差不多。她看到了站在那里的你，以为是我了，就把你推下去了。”

——凶手并不是想杀死我，她真正想要杀害的目标是高桥真治。

“我急忙跑过去。她也非常吃惊。因为她认为几秒钟前刚把我推下去，怎么居然又在这里，而且还开始叫救护车了。很快，她便明白了是自己推错了人。她在一边哭着喊‘怎么办怎么办’的时候，我探头朝悬崖下面的你喊话。这你还记得吧？”

——我点了点头。

“但是因为脚下的土块突然崩落，所以我也摔下去了。她觉得这下我是死了吧。并且，还把完全无关的人也给卷了进来——绝望之下，她也跳了下来。”

——原来是这样，除了我和高桥真治，还有一个人！

“我在医院里醒过来，听说你陷入昏迷状态但性命无忧，而她已经死了。我和你都在悬崖中间被缓冲了一下，并且摔在有些柔软的沙子上。而她是直接摔在了一旁阻挡海浪的大石块上……”

——说到这儿，小山伸夫停下讲述，揉了揉眼睛。

“警察来调查情况的时候，我说散步的时候脚下土块崩落于是就滑下去了。土块崩落也是事实。反正给已经死了的女孩子头上套上跟踪狂、杀人未遂的帽子也挺可怜的吧？既然她已经不对我造成威胁了，那么就什么问题也没有了。我想事情就这样解决了。但是……

“在医院里照镜子的时候，我呆住了。镜子里的人根本不是我。”

——小山伸夫皱着眉毛苦笑。他在那个时刻所感受到的惊讶与困惑，我完全明白。不如说只有我才是感同身受地明白。

“当然了，最初我是完全不相信的。我是现实主义者，对于超自然现象之类的根本不相信。但既然是真的发生在自己身上的事，也只能接受了。

“然后，我想到一个可能性，难道因为我们三个人是摔到同一个地方的，所以我们三个人的灵魂就被互换了？既然我作为小山伸夫醒过来了，那么也就是说，我到了小山伸夫的身体里，而小山伸夫去到了已死的跟踪者的身体里，最后跟踪者又到了高桥真治的身体里。

“难道说跟踪者可能还活着——以高桥真治的身份？”

——原来如此，误会就是这么产生的。到现在为止的所有疑问，渐渐如雨过天晴般明朗起来。

“我想，跟踪者如果从昏迷状态中醒过来，一定会非常吃惊吧。自己竟然变成了高桥真治。就如同我能够想到身体互换一样，跟踪者也能想到。于是跟踪者便知道没能杀掉我。

“就在那时，我听到消息说，高桥真治从昏迷状态中醒过来了。如果他能动了，那他肯定会来杀我。因此，我一出院便离家出走了，连小山伸夫的母亲也没有告诉——知道的人只有田中吉雄。”

——终于在故事中登场的吉雄有些害臊地搔搔头。

“他多次到医院来看我。虽然对我来说是第一次见面，但我很快就明白这个家伙值得信赖。逃跑之前，我向他说明了一切，包括如果我遭遇不测，他应该怎么行动之类的也都有商量。”

“他一开始跟我说身体交换什么的，实在让人难以置信。不过一想到小山君的身体如果受到了伤害，那么小山君的灵魂就可能回不来了。所以总之应该先帮他的忙再说。”吉雄又摇了摇头，在旁补充道。

“那天晚上一言不发，突然就把人从悬崖上推下去杀害的家伙，如果让她找到了我，她肯定会用尽一切手段将我彻底杀死。所以，我考虑先躲到远一点儿的地方去，那么就需要些钱。所以很抱歉，拜托田中把你的模型还有 DVD 给卖了。然后在网络咖啡店、胶囊公寓之类的地方东躲西藏了一个月以上，跟踪者并没有追过来的迹象。我想他可能是已经放弃了。不，也有可能是得到了高桥真治的身体便满足了吧。所以正在我想是不是可以回小山家的时候……”

“我突然转校到这儿来了。”

小山伸夫和吉雄一起向我点了点头。

“我从田中那儿听说这件事的时候非常吃惊。居然会转校过来，而且还到处问那天的事情，还谎称自己是小山伸夫的亲戚，并以铁路展示等为理由故意接近田中——照这么单纯的防守下去，我觉得必然被杀。当时我只能这么设想。”

“啊，原来如此。所以，那个发电子邮件给我的人就是你吧？”

“真相知晓者”的真实身份终于揭开谜底了。邮件地址就是高桥真治自己的，所以他当然知道了。

“正是如此。但是你根本没有停止四处打探的意思，而且还经常跑去小山伸夫家那边去。我这边的钱用光了，去小山家取钱的时候差点儿碰上你，吓得我心脏都差点儿停止了呢。”

——啊……我想起那天晚上的事了。从小山家偷偷溜出来，一看到我便拼命逃去的那个黑影就是……

“我还想这下是逃不掉了。听说你甚至跑到田中家里去，连他的家人都可能被卷入危险之中，小山伸夫的母亲也因为儿子的失踪而万分憔悴。因此我就和田中商量，今天趁着文化节很热闹，来这里与你进行最终对决。”

——是这样啊。吉雄可疑的举动全都明白了。他的房间里都是我过去的模型，还说是小山伸夫本人卖给他的，并且对我表现出害怕……

吉雄尽全力去帮助小山伸夫，探查我的动向，并逐一报告，拼命想能够救小山伸夫的办法。

“但是……”面前的小山伸夫叹了一口气道，“结果你却不是跟踪者。”

“嗯，我才是小山伸夫，只不过现在待在你的身体里。”

“就是这样啊……”他仰天长舒了一口气。夕阳在地平线上跃动燃烧，天空被染成了橘红色。

“并不是三个人之间发生了转换，而是只有我和你互相转换了啊。”小山伸夫吐出一大口烟，然后突然想起来什么似的露出安详的表情道：“这么说，那家伙就保持着自己的身份，一个人死去了啊……”

他闭上眼睛，似乎在为那个人祈祷冥福。

我们三个人的影子在水泥地板上延伸得很长，我默默地看着我们自己的影子。

“但是，你能活着真是让人高兴啊，小山伸夫。”

小山伸夫抬起头来，露齿微笑。自己看到自己的笑容，真是太不现实了。我也笑笑回应。感觉到我们互相解除了一切的紧张情绪。

“我才是，非常高兴高桥君能活着。如果想救我的你死了，只有我活下来，那实在是太懊悔了。你的爸爸妈妈完全不知道这些事，还对我那么好——所以，真的太好了。你的爸爸、妈妈都是非常善良的人，我很喜欢他们啊。”

“我的爸妈他们挺特别的吧？其实小山君的母亲也是很有趣的啊。”

“我还见了茂树和多茂津，跟他们在一起很快活。还有小美夏，真是个大美人啊。”

“对吧……哎，你没干什么坏事吧？”

“绝没有啊！”我慌忙否定……不过嘛，是接过吻的。但这个我可不能告诉他。

从学校广播中传来一声刺耳的金属声，随后响起了播音员的声音。

“请加紧校园篝火的最后准备。作为我们的环保活动，个别回收的方便筷和纸类等废弃物将在篝火中烧掉，请加速回收工作。重复一遍——”

“要烧火起来了，去看看呗。”吉雄从长凳上站起来，往下看着校园提议道。广播通知结束，喇叭中开始播放音乐。

“喂，你也吸一根吧？”身为小山伸夫的高桥君拿出一根香烟来点着了。

“对不住，能不能请你不要吸烟。那是我的身体哎，我是讨厌香烟的。”

听我这么一说，他连忙道：“噢，是这样？那真是抱歉！”说着急忙将烟头熄灭了。啊，这真是个性格干脆、容易相处的家伙。

“嗯，算了，你可以再抽一根。”

得到我的许可，他开心道：“Thank You！”便将过滤嘴拿来舔了舔。虽然是我的脸，但那表情和动作完全就是另外一个随性、自由、没什么正形的人。

“我就抽这最后一根哈，然后就戒烟。毕竟是你的身体嘛，要是还给你的时候一股臭味就不好了。”

他无心的这一句话让我心中一动。

要是还给我……

“我说，我们，还能交换回来吗？”

“嗯，到底怎么样呢？”小山伸夫一边吸烟，一边交叉手臂思考。

“既然曾经互换过，那么未来什么时候能换回来也说不定啊。”

他的表情满不在乎，我有点儿不可思议地看着他。

“其实吧，被人谋杀差点儿就死了，现在活着已经是赚了，我是这么想的。”他笑着说道。

原来如此，可能是这样吧。我的心情也平静下来。

小山伸夫一边说着如此豁达的话，一边吐出烟圈。我其实是很不喜欢香烟的，连别人在面前抽烟也不喜欢。特别是高中生抽烟，这不明摆着是违反法律嘛。但是今天，在如此的夕阳之下，我看着眯起眼睛美滋滋抽烟的自己，竟意外地感觉挺有个大人的样子的。

刚才我是没注意到，小山伸夫连发型都改变了。以前为了不与别人视线接触故意留长的前发被剪掉了，头发整个往后梳，脊背也完全直了，堂堂挺起胸膛。

小山伸夫的脸，单眼皮小眼睛，鼻子揉成一团，嘴唇很厚还有干裂。可是沐浴在夕阳下，一边听着广播音乐一边晃动身子的小山伸夫，充满了男人味。

“但是……如果不能交换回来，恐怕你不乐意吧？”

我这么提问，他回问道：“什么不乐意？”

“就是……保持我那样的外貌。”

“这个啊？嗯，我并没有怎么讨厌你的相貌。”

“真的？”

“老实讲，虽然不是帅哥的脸，但也并不差吧。”他完全不在乎地用拿手抚摸着下颚。

“啊，有件事，下次请你把吉他帮我拿过来吧，我得练习练习，不然就生疏了。”

“吉他？难道你还要再搞乐队吗？”用小山伸夫这张脸？我在心中狂叫。

“当然了。有问题吗？”

他一本正经，我抱着肚子大笑起来。事故的伤口、被打的伤口都被牵动而痛起来，但还是停不住笑。

小山伸夫要进行乐队活动！弹吉他！唱歌！看来我对自身所抱有的自卑感，在他的念头里是根本不存在的。

“校园篝火即将点燃，全校师生请到校园中集合。”广播声再次响起。

“好了，快去吧，不是想看点火吗？”吉雄耐不住性子，踏着脚催促起来。

“明白了，明白了。”小山伸夫熄灭烟头，伸了个懒腰。

“嗯，我们走吧。”

小山伸夫向我伸出手，我抓住他的手站了起来。

我们三个人一起从铁门走下了天台。

“小山君如果回来的话，坂本老师要高兴死了哦。你失踪的时候他觉得是自己的责任，多次跑到伯母那里去道歉。”一边轻快地下着楼梯，吉雄一边告诉我。

我想起那天晚上从留言机里听到的坂本老师。那也是我的误会啊——

“那么，开业典礼那天，吉雄你到底去哪了？”

“嗯，其实吧……”吉雄搔着头答道，“我去见一个网友，想求他把 701 系西武铁路百周年纪念版车厢模型转让给我。”

“百周年纪念版……”那是我曾经遗憾没买到的限量版珍稀之物。

“那人住得远，只有那一天有空，我是想买来在你生日的时候给你个惊喜的。”

“原来是这么回事。”

走下楼梯，喧嚣声逐渐迫近身边，夹杂着学生们的说笑声和老师的训斥声、弹奏吉他和敲鼓的声音。每年在篝火旁边都会设置表演舞台，轻音部会在那里演奏。

我的心中似乎洗去了一切沉淀的污浊，浸透在清澄的感觉之中，全身舒爽而愉快。

从一开始就没有什么凶手，也根本就没有什么人想要杀我。

而高桥真治也还活着，未来可能还会回到自己的身体里。小山伸夫可以与母亲团聚，一起生活，那一天终将到来。

“现在开始点火倒计时！”

“啊，抱歉，我先行一步。”小山伸夫说着，一口气奔下楼梯。看着他动如脱兔的背影，我和吉雄面面相觑，然后大笑。笑完之后，吉雄吸了一口气，紧盯着我的脸。

“十！”

“高桥君的身体里面并不是跟踪者，而是小山君对吧？你能幸存下来真的是太好了！”他一个字一个字地说着。

“九！”

“你居然能相信身体交换这种事呢！”

“八！”

“那是因为……实在是不能不相信啊。”吉雄忍不住又笑起来。

“七！”

“为什么？”

“因为突然被叫出去，然后到乐器店里面在我面前弹奏曲子，一边还唱着流利的英文歌。”

“六！”

“嗯，那确实是不得不相信了。”光是想象着那个场面就觉得太搞笑了。

“五！”

走过鞋柜前面，打开正门。校园中的学生摩肩接踵，都在期待篝火的点火仪式。

“能够在文化节上点篝火，咱们高中位于郊外还是有好处的啊。”

“确实是，要是在城市里面可没法这么点火。”

“四！”

学生会长站在篝火堆旁边搭着的梯子上，随着倒数声，将手中所持的火把向着易燃物接近。欢呼声越来越响了。

“三！”

在围成一个大圈儿的学生们周围，有人很兴奋地高速转着圈奔跑着，仔细一看就是小山伸夫。他注意到我站在正门这边，招手高喊：“喂！快来！”还没有点火，校园中的气氛已经接近沸点了。

“二！”

“我们去吧。”

“好的。”

我们向着人群踏出脚步。

“一！”

刚才还被染成橘色的天空已经开始转换为蓝色。东方天空中一轮白月展露娇容。

文化节终于要结束了。

“点火！”

火把离开了学生会长的手，落到了木柴堆的中心，火苗迅速蹿了上来，引发一片欢呼声。火焰仿佛要将夕阳的残光完全吸取掉一般剧烈地燃烧着，很快就升腾至遥远的高空，而此时整个天空则被徐徐落下的夜幕所掩盖。

随着“咚咚咚”的一阵鼓声，轻音部开始奏起舒缓的乐曲。

一片欢笑声。校园篝火映照出所有人的笑脸。就连我也感觉胸中有一股想要大喊大叫的冲动。

——但是……一个小小的疑问又开始在心底膨胀起来。

“怎么了，小山君？”看到我脸上的笑容消失，吉雄关心地问道。

“那个，吉雄。”

“什么事？”

“那封把我叫到悬崖去的信又是怎么回事？谁写的？”

“信？”吉雄似乎听到莫名其妙的问题，但是很快又恍然大悟了。

“啊，所以嘛，高桥君送给跟踪者、约她去悬崖见面的信，错让小山君给看到了。”

“哎？——那跟踪者，是我们班里的？”

“正是。可能是匆忙之间错塞进了小山君的桌子里面吧。对不起，刚才我们说明得不够详细，让你还是留下疑问了。”

突然之间，我的身体又颤抖起来。

我的课桌——课桌上同样的心形印章。

在进行大扫除之前要将私人物品都先清理一下，而她只留下了那封信……

“难道说，那个女孩子——”

外貌普通、安静的——

不习惯看演唱会——

拿着花束——

我向着学校大门狂奔而去。

“啊，你去哪儿啊？小山君！”

吉雄的声音渐渐消失于背后。

——你是在换水吗？

——我还以为你在转学前就认识呢。

——我的扮相设定是女子高中生幽灵啊。

——还是不要和我这样的人在一起为好。

“这样好啊，教室里有花很棒呀。”

高兴微笑的那个时候也是。

“不过说起来，丸山同学是担当过园艺委员的。”

和城崎同学一起在清洗池旁的时候也是。

“高桥君有美好生活的权利。”

拼命鼓励我的时候也是。

而你。

你自身。

你自身却并不存在吗——

一口气跑上楼梯，穿过走廊，打开 2 年 A 班教室的门。

分隔通道的隔板都被集中在了教室的一个角落里，大家制作的妖怪玩偶和枯井、墓碑等道具则四处散乱丢弃着。窗户上的纸板已经取下，暗幕也拆了下来。从外面投来篝火的亮光，将节日之后的教室染成了暗红色。

可以听到外面的欢笑声、主持人通过麦克风的讲话声和乐队演奏声。但是静谧的寂寞感却在教室中流淌。

我把窗打开，为了保证安全而被放到窗台上去的花瓶仍然在那里，我小心地将其捧起来。

“鬼怪屋这东西，事后清扫起来更是恐怖呢。”

我回头一看，是丸山同学站在那里。

“是啊。”

“你的伤不要紧吧？看到你在屋顶上被打了很多下，很疼吧？”

丸山同学照旧关心着我。她也照旧穿着那身制服，刘海用发卡固定，两边垂下发辫。

“丸山同学……”

我向前走了一步，但是她却举起一只手，好似阻止我靠近。

“你其实是……小山君，对吧？”

我点了点头，丸山同学呼出一口气。

“所以我感觉你怪怪的，好像对发生过什么事完全不记得了似的。嗯，这下我理解了。”

“丸山同学，为什么……”

“还记得吗？我跟你说过，我曾经想死吧。”

我沉默下来，向她点点头。

“就在我觉得已经没有生存意义，晚上在街上到处逛着寻找死亡场所的时候，恰巧被演唱会吸引过去了。”

她停下诉说，试探性地看看我。

“呵，我这样的人会去看演唱会，感觉奇怪吧？虽然想那地方并不适合我，但反正也要死了，死前去看一次也行吧。我当时就是这样想的，于是就去了。进去之后吓了一跳。演出会场音量那么大，人又多，光线照得人晕头转向，充满了能量似的。居然有这样的世界存在，我被完全征服了……在那世界中心弹起吉他的……就是高桥君。”

“嗯。”

“我不知道在那里该做什么，只是呆站在角落里。而高桥君向我投来了笑容，那时他正唱到‘我将拥抱你的孤独’。啊，原来世界上有这样一个人能够理解我，这真让我高兴，高兴到心痛。有生以来第一次我喜欢上了一个人。高桥君的声音太好听了，太帅了……我眼中一直是灰色的世界，一瞬间变成了彩色的。”

丸山同学闭上了眼睛。她的脑海中肯定深深地刻下了当时高桥真治站在舞台上的身姿。

“听过那场演唱会之后，我不再想死了。我觉得只要能听高桥君的歌，无论怎样的痛苦自己都可以承受。我下载了他所有歌曲，设置为手机铃声。为了不错过他的活动，每天都浏览乐队的微博。我的头脑中只有高桥君，想要知道他更多的事……多知道一件事，就感觉离他更近了一些。为了和他偶遇，我经常到他上下学的路上，或者他在微博中写过的喜欢去走的路上散步。运气好的日子真的会碰上，那真是高兴啊。我原本已经将自己的人生放弃了，但自从遇见高桥君便有了新的希望。为了早点儿存够钱可以离开家，我开始在花店里打工，还计划去考花卉养护师的资格。我希望能有自己的花店，要是高桥君到我的花店来买花就太好了。

“我能变得这么积极完全是因为高桥君。因此，我在演唱会结束之后等他，把感谢的信交给他。他很高兴，后来我就每次演唱会的时候都给他送信。在高桥君显得情绪不高的时候，我就选择一些能够让他打起精神的话题写在信上；看到他咳嗽担心是感冒，就将营养饮料一起送上。我只想在暗处守护着我所喜欢的人。在乐队为演唱会进行录音棚练习的时候，我悄悄地跟在后面，在大厅里一直听着。在预定发行的日子前，我在信中写上‘差不多到了发表新单曲的时候了吧？虽然非常喜欢节奏强烈的曲子，但我个人很想听一听抒情曲调的曲子’，想着如果能够激励到他的话就太好了。

“虽然我想不打搅到他、就这样守护他，但是有一天他冷淡地拒绝了我。让我很受打击。我只是用自己的方式去支持他。”

“……”

“我不明白他为什么拒绝我，十分想知道理由，如果我做错了什么，我一定改正。所以，我就往他家里寄信。但是他好像根本就没有看……我焦躁起来，为了解除误会，总之想和他说上话，因此一直跟在他后面。上下学的路上、去预备学校的途中……但是没过多久……”

丸山同学的声音低沉下去。

“他和一个叫美夏的女孩子开始交往了……”

她嘴角一咧，让我的脊背又升起一股寒意。校园中回响的吉他声、鼓声突然之间就远去了。

“……只要高桥君觉得幸福就好。虽然也有其他粉丝为此很愤怒，但我为了让他知道我是站在他这边、永远会支持他的，便制作了祝福的花束。因为高桥君喜欢玫瑰花，所以我从园艺委员会的花坛中剪了一些出来。为了把花茎上的刺一个个拿掉，弄得自己的手上都是伤，但终于做成了非常漂亮的花束。正要送给他的时候不巧下了大雨，但我为了等他根本就没管那些，一直等着他——然而高桥君看到我时竟然逃走了！”

我脑海中浮现出那个场景，大雨之中被淋得湿透、浑身颤抖，手中捧着花束，花刺让手上沾满血迹……

“我非常悲哀。就在我搞不明白为什么他会那样的时候，演唱会后收到了高桥君的一封信，约我在某个地方等他。想到能解开误会了，我高兴到整个人都跳了起来，简直是难以置信。从那天开始，我就一直将那封信夹在我的笔记本里。现在想一想，大扫除那天我只把信留在了课桌里……”

然后，那张课桌就被阴差阳错地换到了我的面前。

“那天，我努力将自己最大限度地打扮起来。还第一次买了化妆品，虽说只是便宜货。一边激动，一边在好几天之前就开始练习化妆。我有很多的话想对他说。想告诉他我被他的歌声所激励，还有我的梦想，有积蓄之后去上养护师学校……

“到了那天晚上，穿上我最中意的连衣裙，满心期待着要离开家的时候，正巧碰上从弹子机店回来的养父。他好像输了很多钱，心情很差。因为看到我有化妆，便追着问‘你哪里来的钱做这事’，还冲回家找到我准备用于考试的钱……然后，我被打了一顿，钱也全部被抢走了。他还嘲笑说‘丑八怪还装什么色相’，就又跑去弹子机店了。

“别的高中生都能有快乐的生活，为什么我连一点点幸福的希望也没有呢？连可以分享心酸经历的朋友也没有，这一生就这样完了吧。于是我对一切都厌恶起来，飞奔出家门拼命地跑着——就那样一直跑到了三浦海食崖，看到高桥君的背影。我的情绪彻底崩溃了，眼泪也止不住，一股冲动涌上来想就这么和喜欢的人一起死了算了……等我回过神儿来，已经从后面推了高桥君的背……”

丸山同学含着眼泪，咬着嘴唇。

“我真是太差劲、太过于自私了。我没有任何意思要伤害到小山君的……死了之后，便能从所有的执念中解放出来了。但我很快就察觉到，自己所谓的爱情是扭曲的。我第一次喜欢别人，完全不知道正确的方法，做错了很多事，给别人造成太多麻烦，真是个笨蛋。对小山君和高桥君做了这么恶劣的事，太恐怖了。因此，知道两个人都活了下来，真是让我得救了啊。”

丸山同学再次以惭愧的声音说着对不起。

“高桥君转学进来的时候，我吓了一跳，感觉很不对劲儿。对于我的事情完全不记得了。我当时想是不是因为事故的原因所以忘记了……也实在想不到是和小山君互换了身体。”

擦去眼泪，丸山同学调皮地笑了笑，直直地看着我。

“没想到，最后能和小山君成为朋友太好了。这一周的时间，是我的人生中过得最快乐的日子。小山君是很温柔的人呢。如果以前能察觉到你的魅力就好了——哈哈，我说这样的话，你听到了会不高兴吧？”

“不，我很高兴。”我立即开品否认，“我说真的。丸山同学对高桥君所表达的爱意可能是错误的。但是，但是——丸山同学已经足够好了。”

丸山同学的脸上犹如花朵绽放一般现出了微笑的表情。

“真的吗？”

“真的。温柔、敏感、能够充分理解别人，非常非常好的性格。所以，所以我——”

开始被你吸引——

后半句话我没讲出口，吞回了肚子里。我沉默下来，喉咙中好像有热块膨胀，隐隐作痛。

“小山君真是个好人呢。应该说，小山君才是富有魅力啊。”

“……不是的啊。”

“你应该有这样的自信。不光会顾虑到别人，也有正义感，是个男子汉呀。啊，真希望以前就能认识这样的你。如果……如果那样的话……”

面前的丸山同学好像突然变得飘忽起来。

“——丸山同学？”

“……我差不多该走了。”她的声音也弱下去。

“我们再也见不到了吗？”

我颤抖着向丸山同学伸出手，指尖却没有碰到实体，只感觉到虚空。

“我已经没有留恋了。这都是……小山君……赐予我的……”

她的身体渐渐成为幻影，好似融入空气中一般，消失了。

“丸山同学，等一等！”

“请坚强地活下去……连同我那一份一起，坚强地活下去。”

她的表情是柔和而安详的。

“不要走！”

“谢谢……”

“不要走……”

“我这辈子第一次……从心底里……快乐……”

好似微风拂过凋落的花朵一般，她最后的声音残留在我的耳畔。

丸山!

突然之间，校园中音乐轰响、充满热量的欢呼声又回来了。

我回过神来，看着眼前留下的花瓶。

刚才还是盛开状态的花，一瞬间就枯萎了。我用颤动的手指一接触花瓣，它们便雪崩似的纷纷落下。

我哭泣着。

在没有任何人的教室中，我一个人悲伤地哭泣着。

我最终止住痛哭，到洗面池清洗了一下，再回到校园里。篝火正烧到最旺的时候，火焰好似要将整个天空烤焦，猛烈地燃烧着。我挤过拥挤的人群，终于找到吉雄。

“喂，你跑哪里去了？”

“嗯，有点儿事。对了，高桥君呢？”

“那边……”

往吉雄所指的方向看去，是轻音部的舞台。而现在高桥真治正在大踏步走到舞台上去——不，大家看到的是小山伸夫。

趁着轻音部成员们莫名其妙的时候，走上舞台的小山伸夫将吉他一把抢了过去，将主唱推到边上，又抢过了麦克风，然后深深地吸了口气，用流畅的英语放声高呼道：“Okay , we're gonna have some fun! Give it up!”

听众们奇怪而兴奋。

“喂，那个人是谁啊？”

“不知道，哪个年级的？”

“那不是我们班的小山君吗？”

“啊，那个离家出走的？”

小山伸夫弹着吉他开始高声唱歌。被其气势压倒的轻音部成员们开始慢慢地调整手中的乐器配合其旋律，渐渐成形的歌曲出现了。

“看着有点儿帅啊！”

“小山君居然会弹吉他的？”

“而且还弹得超好。”

四下里开始涌起欢呼声。吉他琴弦跃动着，在舞台上充满活力地蹦来跳去的自己，我越看越觉得不可思议。

所有注视着乐队演奏的眼神中都映照出篝火的跳跃火光，显得熠熠生辉。我发觉只有我一个人在无意识地四下寻找丸山同学的身影，难过的感觉再次涌上。

——你是不是在遥远的彼方看着这一切呢?

我流着泪，仰头看着天空，音乐与大家的呼喊声都在夜空中升华而去。

就在这时，我的视线突然变黑了。

——哎？我慌忙看看四周。

大家的脸都模糊了，音乐声和欢呼声都好似经过了几次反射之后才听到似的。刚才还觉得浑身被热量所包围，突然之间体温急速下降。如同篝火周围舞动的热流一般，我眼前的世界都动摇起来。

在这模糊的视线之中，好像看到了某人的脸。“小山君，小山君……”有人反复呼喊着我，但似乎是从很远的地方传来的喊声。到最后，我的意识急速陷入黑暗之中。

所谓的学校吧，只要隔上一段时间不去，门槛就变高了。

比如说暑假和寒假结束之后，或者新学年的第一天。更有陌生感觉的应该是经历长期休学之后回到学校的时候。

“这么长时间让大家担心，结果突然跑到舞台上去唱歌，你这人真叫人吃惊啊。”

如同往日一般的鸣海东高中的走廊，开班会之前的嘈杂，踩下去发出吱吱声响的毡布地板。我跟着前面的坂本老师走着。

“嗯，你说那是假唱？弹吉他也只是装装样子而已？”

坂本老师转过头来，我点了点头，于是坂本老师“哦——”了一声，表示理解了。

“那你演得可真像啊。我认识的小山居然做出那样的表演让我大吃一惊了。还以为你只对铁路感兴趣的。但是很有型哦，不如就开始搞乐队吧？”

“不行啊……”

我只得苦笑，坂本老师还重复了几遍：“就搞一搞嘛，没什么不好的。”

文化节结束之后的第一个星期一。

我——小山伸夫——回到东高上学。

与此同时，高桥真治应该也回去成兰高中办复学手续了。

在篝火边上晕倒的我和在舞台上晕倒的高桥真治，被抬到保健室里面，睁开眼一看，自己已经回到了原来的身体中。时隔数月之后回到自己家，母亲流着泪拥抱着欢迎我。那份使我无比困惑的保险合同，听说是夏季开始从事推销保险的母亲闺蜜劝说她签订的。

“不知怎么，感觉小山整个人变了。”

坂本老师的声音将我拉回到现实，他不时地看看我的脸。

“是这样吗？”

“嗯，有这样的感觉。虽然有点不太明白……但总之就是换了一个人的感觉。”

先生一边说，一边用力拍拍我的背。

爬上楼梯，走过走廊，通过洗面池。

在每一个地方，我都想去找一找那个已经不见了的少女的残像。用发卡牢牢固定住的整齐刘海儿，结实编扎起来的辫子。

她是不是还继续留在某处——我希望她在。

我们走到 2 年 A 班的教室门口。

“我先进去了，然后叫你的时候，你再进来做复学演讲吧。要好好演讲哦，给人印象深刻那种。”

坂本老师一边笑着，一边走进教室。和平常一样用英语说着“早上好”。

“嗯，我想很多人在文化节的时候也见到过了，小山君从今天开始回到这个班里来。他没来上课很长时间了，请大家多帮助他一下。那么小山君，请进。”

我向前一步，踏入教室。从窗户射入的早晨的阳光发散在白色的墙壁上，我不由得眯了眯眼。

我站在讲台上的坂本老师旁边，大家正在交头接耳。在同班同学们集中投来的目光中，所看到的仍然是与以前没有什么变化的“铁路宅”小山伸夫的脸。

但是我与以前有些不一样了。

在这两个月中，我与高桥真治互相交换，与未知的家人共同生活，与新的朋友变得亲密，经历了淡淡的初恋，而如今又失恋了——

曾经的小山伸夫害怕与他人产生任何关联，而这次交换身体的体验将我自己做的壳打破了。

“今天开始我回来了，再次请多关照！”

我的生活还会有很多挫折与麻烦吧。无比巨大的障碍肯定在前方等着我。那时，我可能会再次丧失自信，觉得自己不可能胜利，想回到自己的壳里去。

但是——

“那个……”我的声音变得很细微。大家的目光更加集中在我身上。很害怕，我盯着自己的脚尖。

似乎想要退却了，似乎想接受挫败了。但是，我更加想要改变——

我深吸了一口气，聚起浑身的力气，猛然抬起头来。

“我想……和大家都成为朋友！”

教室里瞬间安静极了，大家的脸都被惊讶所占据。

我的心脏狂跳，呼吸也急促起来。大家也许不会接受我吧。

就在我的视线要重新落回足尖上的那一刻，我听到了鼓掌的声音。

哎?

“欢迎回来！”教室中传来大喊声，我看到是佐佐木君两手在头顶上猛烈地鼓着掌。

“欢迎回来！”温和笑着的新井君也与他一起拍手。

鼓掌声渐渐增加、渐渐响亮起来。我看到吉雄不知为什么一边做出快要哭的表情，一边也拍着手。

在一片掌声中，我的目光投向教室后面的窗边。那里已经没有了白色的花。

不聪明、不好看的自己，但这样的自己不也挺好的嘛。如今我这么想。

因为那个女孩子鼓励我说:“请拥有自信。”

在无法停下的掌声中，我向教室中的所有人展开笑容。

哪怕只是一点点也好，向前走，只向前走。

我挺起胸膛，保持自信。

因为，穿过刘海儿所看到的这个世界，是如此的美丽。